Nina Nemesia

Der Freund mit der Violine

Novelle

© 2024 Nina Nemesia

Coverdesign von: Nina Nemesia

Druck und Distribution im Auftrag der Autorin:

tredition GmbH, Heinz-Beusen-Stieg 5, 22926 Ahrensburg, Deutschland

I. Introitus

Die Erde war wüst und wirr.
Eine schreckliche Finsternis umhüllte die weite Flut, bis Gott das Licht schuf.

So stand es im Buch Genesis geschrieben. Etwas musste dabei schiefgelaufen sein, denn Licht gab es hier nicht viel.

Die Welt war grau, dunkel und fremd.

So wie immer.

Über die Dunkelheit war er froh, sie war reizarm und somit eine wahre Wohltat. Die Fremde hingegen schnürte ihm die Kehle zu. Mit fahrigen Bewegungen öffnete er den ersten Knopf seines Hemdes und lockerte die Krawatte.

In einer rasanten Abfolge an Bildern zog sie an ihm vorbei, diese Welt, zu schnell, um sie bewusst wahrnehmen zu können. Regenschleier peitschten die kahlen Bäume und trafen donnernd gegen die Fensterscheiben. Das Rattern und Rumpeln des Zuges bohrte sich als stechender Schmerz in seinen Kopf und löste Übelkeit in ihm aus. Mühsam würgte er sie hinunter und versuchte, das junge Ehepaar, das ihm gegenübersaß, zu ignorieren. Sie unterhielten sich für seinen Geschmack viel zu laut, lachten zu häufig über Dinge, die nicht lustig waren und raschelten unnötig mit der Zeitung. Als er einmal zu ihnen hinüberschielte, versuchte er, die Schlagzeile zu entziffern, aber er konnte sie kaum erkennen. Waren seine Augen schon wieder schlechter geworden? Nun ja, vielleicht war es gut so, dann kam er nicht in Versuchung, sich doch noch zu übergeben – dieses Mal aufgrund der ekelerregenden Propaganda, vor der das Blatt sicherlich strotzte.

Er gab sich alle Mühe, die Vielzahl an Reizen, die auf ihn einströmte, auszublenden, doch er scheiterte. Als die junge Frau einmal lautstark auflachte, brach ihm der Schweiß aus. Seine Hände begannen zu zittern, Schwindel befiel ihn. Schweratmend fasste er sich an die Brust, die sich anfühlte, als presse sie jemand mit eisernen Fäusten zusammen, fest entschlossen, ihn zu ersticken. Er atmete tief durch und zwang sich zur Ruhe. Es war nicht das erste Mal, dass er glaubte, den Sauerstoff auf der Erde nicht atmen zu können, als wäre er allergisch gegen ihn. Um sich abzulenken, warf er erneut einen Blick aus dem Fenster.

Der Zug beschleunigte, bis die Szenerie draußen zu einem undefinierbaren Brei verschwamm.

Zu schnell. Zu laut. Zu viel.

Kurz bevor er die Augen schloss, um seinen gepeinigten Sinnen einen Moment Ruhe zu gönnen, blitzte inmitten der grauen Masse etwas orange Leuchtendes auf. In der kahlen Novemberlandschaft wirkte der Baum, der die letzten Farben des Herbstes trug, wie ein Wesen aus einem unbekannten Universum. Innerhalb eines Lidschlages verlor der Baum vor seinem geistigen Auge seine Konturen, als hätte ein Maler einen Farbklecks mit seinem Pinsel umgerührt. In seiner Vorstellung ballte er sich zu einer glühenden Kugel zusammen. Die Umgebung darum herum wurde schwarz. Die Kugel hingegen leuchtete immer heller, pulsierte, flackerte und schwoll zu einem roten Riesen an. Unsichtbare Kräfte pressten den Körper zusammen, denen er nicht Herr werden konnte. Er verlor den Kampf und fiel in sich zusammen, unfähig, dem Druck der Außenwelt länger standzuhalten. Die Explosion, die darauffolgte, war so gleißend hell, dass er nichts mehr erkennen konnte, außer ein weißes Licht, das sein komplettes Sichtfeld einnahm. Ansonsten war da nichts, lediglich das Pochen seines Herzschlages, das er überdeutlich hören konnte, so gebannt war er von dem Film, der vor ihm ablief. Nach und nach wurde das Licht wieder schwächer. Ein funkelnder Nebel war zurückgeblieben, der auf eine weitere Kugel zuschwebte. Dieses Mal war es kein rot-glühendes Monstrum, sondern die Erde. Immer schneller hielt er auf sie zu, die Oberfläche kam näher, viel zu nah. Obwohl er wusste, was nun folgen würde, hielt er den Atem an und wünschte, es würde anders ausgehen, wenigstens dieses eine Mal. Aber sein Flehen blieb unerhört. Der Nebel erreichte die Erde und nahm Konturen an: ein Kopf, ein Oberkörper, ein Unterkörper, zwei Arme, zwei Beine … ein Mensch. Er sah ihn lediglich von hinten, konnte kaum Details erkennen. Langsam begann die Person, sich zu ihm umzudrehen. Kälte fraß sich in seine Glieder, bis er aus nichts anderem mehr zu bestehen schien. Es wurde schlimmer, je weiter sich die Person drehte. Gleich würde er gezwungen sein, in ihr Antlitz zu blicken. Nein!

Da riss das Bild so plötzlich ab, wie es erschienen war.

„Hallo? Hören Sie mich? Sie müssen aussteigen, hier ist Endstation."

Die Stimme schälte sich aus dem bloßen Nichts der Schwärze, die ihn umgab.

Raphael schlug die Lider auf und blinzelte ein paar Mal, ehe sich seine Sicht klärte und er wieder scharf sehen konnte. Ein Tagtraum. Nur ein Tagtraum.

Vor ihm stand der Schaffner, der ihn mit hochgezogenen Augenbrauen musterte. Gehörte das immer noch zu seinem Traum oder war er erwacht?

„Verzeihen Sie", brachte er mit belegter Stimme hervor, ohne seinem Gegenüber in die Augen zu sehen. „Ich habe Sterne beobachtet, eigentlich nur einen, einen sterbenden Stern und Nebel, deshalb habe ich nicht gemerkt, dass wir bereits angekommen sind, es war, als hätte ich einen Film gesehen, vielleicht habe ich das, wer weiß das schon? Mein Verstand spielt ihn in einer Endlosschleife ab und ..."

Als ihm bewusst wurde, was für einen verworrenen Schwachsinn er da von sich gab, biss er sich auf die Zunge. Peinlich berührt fuhr er durch seine Locken, räusperte sich mehrmals, rückte seine Brille zurecht und griff hektisch nach seiner Ledertasche, ehe er sich von seinem Sitz erhob und dem Blick des Schaffners auswich. Im Vorbeigehen murmelte er ein erneutes „Verzeihen Sie", taumelte aus seinem Abteil hinaus in den Gang und schließlich auf den Bahnsteig, wo ihn sofort eisige Luft empfing. Lediglich ein paar spärliche Lichter beleuchteten in der

Dunkelheit das Schild, das ihm verriet, dass er sein Ziel erreicht hatte: Heidelberg.

Raphael warf einen flüchtigen Blick gen Himmel, doch die Wolken versperrten die Sicht auf die Sterne. Dafür regnete es nicht mehr in Strömen. Nur ein paar einzelne Tropfen fielen auf sein Gesicht; eiskaltes Wasser auf eiskalter Haut. Fröstelnd stellte er den Kragen seines Wollmantels auf und setzte sich in Bewegung. Wie immer nach seinen Tagträumen fühlte sich seine Umgebung unwirklich an, als betrachte er sie durch einen Schleier - wie jemand, der nicht aktiv am Leben teilnahm. Er war ein stiller Beobachter, weiter nichts.

Fast mechanisch wandelte er durch die Straßen. Auf seiner Brust lastete wieder dieser Druck, obwohl es bei diesem Wetter und zu dieser Tageszeit ruhig in der Stadt war. Ein seltsames Kribbeln lief über seinen Nacken, breitete sich von dort in seinen gesamten Körper aus und jagte ihm Schauder über den Rücken. Erst nach einer Weile begriff er, dass es Angst war, die ihn beherrschte. Er wusste, dass seine Vision nur ein Tagtraum gewesen war, aber da er ihn nicht kontrollieren konnte, löste er stets Entsetzen in ihm aus, egal, wie oft er von ihm gepeinigt wurde.

Raphael beschleunigte seine Schritte und mit ihnen rasten auch die Gedanken durch sein Gehirn. Wer war die Person, die er jedes Mal sah? Warum riss seine Vision ab, sobald sie sich zu ihm umdrehen wollte? Angestrengt versuchte er, sich abzulenken und seine Aufmerksamkeit auf etwas anderes zu richten. Straßenlaternen. Wie viel Energie sie wohl in Heidelberg verbrauchten? Er würde später eine Berechnung durchführen. Es begann, in ihm zu arbeiten. Eine Strategie entstand, doch sie war so wüst und wirr wie die Erde, er bekam sie nicht zu fassen. Er war nicht konzentriert genug. Ungefiltert wirbelten die Gedanken durch seinen Kopf und zogen ihn immer tiefer in einen Strudel, eine bodenlose Tiefe, die den Raum entgegen jedweder physikalischer Gesetze endlos krümmte. Obwohl ihm kalt war, glühte sein Kopf.

Unvermittelt blieb er stehen und presste die Hände gegen seine hämmernden Schläfen. Er wusste, dass er sich beruhigen musste und zwar schleunigst, sonst würde er sein Ziel nicht erreichen. Sein Ziel … Sein Freund würde dort auf ihn warten. Er würde in seiner dunklen Kammer sitzen, nur von Kerzenschein erhellt und altmodisch wie er war mit der Schreibfeder Noten auf ein Papier kritzeln, daneben die Violine. Ja, daran musste er denken. Der Druck auf seiner Brust wurde leichter. Sein Herz schlug wieder in einem normalen Rhythmus, das Atmen fiel ihm nicht mehr so schwer und schließlich kühlte auch die unerträgliche Hitze seiner Gedanken ab. Er nahm die Fäuste von den Schläfen und setzte seinen Weg fort.

Endlich gelang es ihm, die Stille, nach der er sich den ganzen Tag gesehnt hatte, zu genießen. Das Einzige, was er nun hörte, war das Rauschen des Windes und die Tanzmusik, die aus der Ferne zu ihm herüberwehte. Auf dem nassglänzenden Asphalt spiegelte sich das orangefarbene Licht der Straßenlaternen, die einsam in die graue Trübe starrten. Totes Laub schmatzte in den Pfützen unter seinen Füßen. Wie schön diese Nacht war, mit ihrem Duft nach Regen und nassen Blättern, vertraut und gleichzeitig fremd. Wie oft war er hier schon entlanggegangen? Er kannte den Weg in und auswendig, kannte jedes Gebäude, jede Bank, jede Laterne und jeden Baum. Und doch wirkten sie seltsam auf ihn, als passten sie nicht in seine Welt. Oder war es umgekehrt und er gehörte nicht in die ihre? Nein, er durfte den Gedanken nicht weiterspinnen, nicht schon wieder, wo er gerade halbwegs zur Ruhe gekommen war.

Als ihm auffiel, wie langsam er ging, beschleunigte er seine Schritte. Der Mantel lotterte um seine Schultern und drohte, von seinem Körper zu rutschen. Seufzend knöpfte er ihn zu. Offenbar waren nicht nur seine Augen schlechter geworden, er schien auch wieder einmal abgenommen zu haben. Er würde sich wohl bald neue Kleidung anfertigen lassen müssen. Nach kurzer Zeit stellte er fest, dass er automatisch langsamer geworden war. Was war los? Normalerweise konnte er es kaum erwarten, seinen Freund zu sehen. Dieses Mal zögerte er das Aufeinandertreffen hinaus. Er schüttelte den Kopf über sich selbst. Zu diesem Zweck war er doch hergekommen. Ihr letztes Treffen lag zwei Monate zurück. Ein Teil von ihm war durchaus von Vorfreude erfüllt, ein anderer jedoch verspürte ein Ziehen im Magen, das seit ein paar Tagen immer wieder aufgetreten war. Im Gegensatz zu seinen anderen Symptomen kannte er das nicht. Es verstärkte sich, je näher er dem Mietshaus kam, in dem sein Freund wohnte.

Schließlich bog er um die Ecke und hätte um ein Haar gelacht. Weshalb hatte er sich eigentlich gesorgt? Dort, vor ihm, glänzte im Nieselregen die graue Fassade des Mietshauses. Die Nacht war noch jung, aber in dem Gebäude lebten hauptsächlich alte Menschen, die früh zu Bett gingen. Deshalb starrten ihm die meisten Fenster schwarz und hohl entgegen. Nur hinter einem, im obersten Stockwerk, tanzte orangeroter Kerzenschein, denn sein Freund war noch nicht alt. Einsam kämpften die Lichter gegen die Dunkelheit an. Unwillkürlich lächelte er. Sein Freund war zu Hause, saß bei Kerzenschein an seinem Schreibtisch, schrieb Noten und hatte neben sich die Violine liegen – so wie immer. Ja, in der Tat, alles war wie immer. Er hatte sich unnötig gesorgt.

Entschlossen öffnete er die Tür, trat ein und eilte die Stufen hinauf. Endlich stand er vor der Wohnungstür. Bewusst vermied er es, auf das Namensschild unter dem Türspion zu blicken, sondern konzentrierte sich darauf, den Schlüssel aus der Tasche zu fischen. Es dauerte eine Weile, bis er ihn zu fassen bekam. Mehrmals rutschte er ihm aus den klammen Fingern, bevor er ihn endlich herausziehen konnte. Seine Hand bebte so sehr, dass er das Schlüsselloch nicht traf und daran vorbeischabte. Er fluchte, als er sah, dass er das Holz zerkratzt hatte. Erst nach mehreren Anläufen gelang es ihm, die Tür aufzusperren, doch die Unruhe blieb. Nervosität konnte es keine sein, immerhin tat er nichts

Verbotenes. Sein Freund hatte ihm den Schlüssel gegeben, damit er nachts nicht klingeln musste.

Er beschloss, seine widerstreitenden Gefühle zu ignorieren, zog die Tür leise hinter sich zu und folgte dem schmalen Flur, immer dem Kerzenschein entgegen, der über die mit altmeisterlichen Gemälden behangenen Wände zuckte.

Die Tür zum Arbeitszimmer stand offen. Der vertraute Duft nach Rauch, geschmolzenem Wachs und Johanniskraut umschmeichelte ihn. Normalerweise hätte er die Wärme gefühlt, die von den unzähligen Kerzen ausging, doch heute war es anders. Planlos blieb er auf der Schwelle stehen und blinzelte verwirrt in die romantisch warme Düsternis des Raumes. Er hatte sich geirrt. Es war nicht alles wie sonst. Sein Freund saß nicht am Schreibtisch, sondern ruhte auf der Récamiere, die er so liebte. Er lag auf dem Rücken, die Augen geschlossen. Er trug kein Nachtgewand, sondern seine liebste Kombination, die aus einer schwarzen Hose und einem schwarzen Pullover bestand, unter dem der weiße Kragen seines Hemdes hervorblitzte. Offenbar hatte er sich nur rasch hinlegen und anschließend weiterschreiben wollen. Es wäre ohnehin ungewöhnlich gewesen, wäre er jetzt schon zu Bett gegangen.

So leise wie möglich, um ihn nicht zu wecken, trat Raphael näher. Der linke Arm seines Freundes hing von dem Möbelstück herunter und der hochgekrempelte Ärmel des Pullovers gab den Blick frei auf die deutlich hervortretenden Adern und Sehnen unter der blassen Haut. Schwarze Rinnsale aus

Tinte flossen von seinem Unterarm über seine filigrane Hand, die sich an seinem Zeigefinger sammelten und von dort zu Boden tropften, wo sie eine kleine Pfütze hinterließen. Daneben glänzte ein silbernes Schmuckstück.

Raphael wandte den Blick ab und betrachtete das schlafende Gesicht. Sein schwarzes Haar war zu einem perfekten Seitenscheitel gekämmt, auf seinen edel hervortretenden Wangenknochen schimmerte das Kerzenlicht und warf Schatten auf den Bereich darunter. Die vollen Lippen waren einen Spalt geöffnet, während seine langen Wimpern einen dunklen Halbkreis unter seinen Lidern zeichneten. Er war einunddreißig, nur zwei Jahre jünger als er selbst. Obwohl sein Freund alles andere als alt aussah, merkte man ihm meist an, dass er die Leichtigkeit der Jugend längst verloren hatte. Schlafend aber wirkte sein Antlitz friedlich und um Jahre jünger. Raphael konnte sich den Kloß nicht erklären, der sich in seinem Hals bildete. Er schluckte ein paar Mal, ehe er an den Schreibtisch trat. Frische Tintenkleckse bedeckten die Oberfläche und sprenkelten das Notenblatt. Daneben befanden sich die Violine, die Schreibfeder, verstreuter Traubenzucker und ein in der Mitte durchgeschnittener Granatapfel, dessen blutroter Saft sich in das Holz fraß. Das gesamte Arrangement wirkte wie ein barockes Stillleben: *omnia est vanitas* – alles ist vergänglich. Der Knoten in seinem Magen zog sich enger zusammen und unterdrückte das Hungergefühl, das beim Anblick der Frucht in ihm aufgestiegen war. Seit dem Frühstück hatte er nichts mehr zu sich genommen, doch es war gut, dass er nun keinen Appetit mehr verspürte. Er wusste, würde er sich dazu hinreißen lassen, einen Bissen zu nehmen, würde er ihn bald darauf erbrechen.

Plötzlich unsicher auf den Beinen geworden, ließ er sich in den Ohrensessel neben dem kleinen Fenster unter der Dachschräge sinken, ohne den Mantel auszuziehen. Für gewöhnlich war dies der einzige Ort neben seinem Zuhause, an dem ihm warm genug war, um ihn ablegen zu können. Heute war es anders. Es war, als sitze die Kälte nicht nur in seinen Knochen, sondern auch in jeder Ritze dieses Raumes. Raphael beschloss, hier zu warten, bis sein Freund erwachte. Gewiss, er hätte ihn wecken können, aber er schlief ohnehin so wenig. Er wollte ihm diese seltene Ruhepause gönnen, kannte er dieses Problem doch aus eigener Erfahrung. Dies war das Schicksal aller wandernden, suchenden, rastlosen Seelen.

Stattdessen also lehnte er den Kopf gegen das Leder, spürte die Regentropfen, die von seinen zerzausten Locken in seinen Nacken liefen und schloss die Augen, erschöpft von der Reise und dem quälenden, immerwährenden Aufruhr seines Geistes. Während er so dasaß, überkamen ihn wie aus dem Nichts Erinnerungen. Vor seinem inneren Auge tauchte der Tag auf, an dem er seinem Freund zum ersten Mal begegnet war. Er erlaubte sich, sich der Nostalgie hinzugeben.

Lux aeterna

Wie immer war die Welt kalt und fremd.

Manchmal aber war sie nicht kalt genug, um seine Gedanken abzukühlen, die schmerzhaft brannten. Das vermochte nur das eisige Wasser, das seine Gliedmaßen in eine Starre versetzte. Sogar die Sterne, die am heller werdenden Firmament funkelten, waren unangenehm. Ihr Strahlen erschien ihm viel zu hell, es stach regelrecht auf ihn ein. Dennoch konnte er seinen Blick nicht von ihnen abwenden, während er auf der Wasseroberfläche trieb. Dort, verborgen hinter ihrem ewigen Licht, könnte sich die Antwort auf all seine Fragen befinden. Fragen, so viele Fragen. Sie ratterten durch sein Gehirn, verknüpften sich mit Ideen und analysierten Lösungsmöglichkeiten, bis sich seine Nervenzellen anfühlten, als müssten sie explodieren. Sie waren zum Zerreißen gespannt und jagten stechende Schmerzen durch seinen Kopf. Konnte er nicht einmal schweigen, dieser Kopf? Einmal nicht denken? In einem Anflug von Verzweiflung schloss er die Lider und atmete tief durch. Als er sie wieder öffnete und erneut die Sterne sah, überkam ihn eine Sehnsucht, die ihm die Kehle zuschnürte. Dabei wusste er nicht einmal, wonach es ihm eigentlich so sehr verlangte. Es war eine Sehnsucht nach etwas Höherem, ungerichtet, unbestimmt, undefiniert, aber so stark, dass sie ihn erdrückte. Es fühlte sich an wie Heimweh, nur ohne zu wissen, wo sein Zuhause eigentlich lag. Vielleicht irgendwo in unerreichbarer

Ferne, wo die Morgendämmerung über den Himmel kroch und ihn pastellrosa färbte.

Mit dem fortschreitenden Tag breitete sich auch die Kälte des Weihers immer mehr in ihm aus. Langsam, aber beharrlich, streckte sie nun endlich ihre Finger nach seinem Gehirn aus, um all die Gedanken und Empfindungen zu betäuben. Raphael spürte, dass er ruhiger wurde.

„Entschuldigen Sie, geht es Ihnen gut?"

Die fremde Stimme schnitt durch seine eben zur Ruhe gekommenen Sinne. Er zuckte heftig zusammen, woraufhin die Starre so plötzlich verschwand, dass ihn die nunmehr schlaffen Glieder und seine vollgesogenen Kleider in die Tiefe zu ziehen drohten. Hektisch ruderte er mit den Armen. Das aufspritzende Wasser versperrte ihm jegliche Sicht und nahm ihm die Orientierung.

„Bleiben Sie ruhig, ich hole Hilfe!"

Hilfe? Das Wort löste etwas in ihm aus und brachte ihn endlich zur Vernunft. Auf keinen Fall sollten noch mehr Menschen Zeuge seines Wahnsinns werden! Das war der Moment, in dem er wieder Herr über seinen Körper wurde. Er hörte auf, so unkontrolliert um sich zu schlagen, woraufhin sich das Wasser beruhigte. Nun konnte er den hochgewachsenen, schwarz gekleideten Mann sehen, der am Ufer stand und sich hilflos umsah, offenbar unfähig zu entscheiden, was er als Nächstes tun sollte. Raphael schwamm auf ihn zu. Obwohl er sich nicht weit in das Gewässer hineingewagt hatte, schmerzten seine Muskeln und ihm wurde allmählich schwarz vor Augen. Er war heilfroh, als der Herr ein paar Schritte in das Wasser hineinwatete und ihm die Hand entgegenstreckte. Raphael ergriff sie, ohne zu zögern. Das Erste, was ihm auffiel, war ihre erstaunliche Wärme. Da packte ihn der Fremde unter dem Arm und zog ihn auf die Beine. Raphaels Knie zitterten und schlotterten. Unsicher schwankte er zu der Stelle, an der er seine Sachen abgelegt hatte. Natürlich wusste er, dass es nicht viel bringen würde, die Kleidungsstücke anzuziehen, solange er darunter klatschnass war, aber bis zu seiner Unterkunft würde er es wohl aushalten müssen. Er war schließlich selbst schuld an seiner Situation.

Halb blind fischte er nach seiner Brille, schaffte es irgendwie, sie aufzusetzen, schlüpfte in seine Schuhe und zog sich Sakko und Mantel behelfsmäßig über. Die Knöpfe bekam er nicht zu. Es war egal, er fror so oder so. Erst, als er sich seinem Retter wieder zuwandte, wurde ihm das volle Ausmaß der Peinlichkeit des Ganzen bewusst. Wie musste das wohl ausgesehen haben? Ein Irrer ließ sich in aller Herrgottsfrühe bei herbstlichen Temperaturen in einem Weiher treiben und starrte in den Himmel. Es war nicht so, dass es das erste Mal gewesen wäre, aber erwischt worden war er dabei noch nie. Er räusperte sich, fuhr sich mit einer hektischen Bewegung durch das Haar und nickte dem Fremden zu.

„Ha-haben Sie v-v-vielen Dank", presste er zwischen klappernden Zähnen hervor.

Nun, da er seine Brille trug, konnte er den Mann besser erkennen. Es stimmte nicht, dass er gänzlich in Schwarz gekleidet war. Unter dem feingestrickten Pullover, den er unter dem Mantel trug, blitzte ein weißer Hemdkragen hervor. Der Kontrast aus schwarz und weiß fand sich auch in seinem Gesicht wieder: Seine Haut war schneeweiß, Augenbrauen, Wimpern und Haare hingegen pechschwarz. Anders als die seinen glänzten sie und waren perfekt frisiert. Seine Kleidung saß ausgezeichnet, kein Makel war darauf zu finden. Lediglich seine Haltung war seltsam. Er bemühte sich offensichtlich um eine stolze, aufrechte Position, indem er den Kopf gerade hielt und die Schultern zurückzog, aber er war eine Spur zur Seite geneigt, als wäre er eine fragile Pflanze, die sich unter einem starken Wind krümmte. Die Unruhe in ihm kehrte zurück, ohne, dass er hätte benennen können, woran das lag. Sie fühlte sich anders an als sonst. Möglicherweise war es der seltsam starre Gesichtsausdruck seines Gegenübers und die reduzierte Mimik, woran selbst sein angedeutetes Lächeln nichts ändern konnte.

„Danken Sie mir nicht. Sie waren in Gefahr."

Eigentlich war er das nicht gewesen, bevor dieser Herr ihn angesprochen hatte, aber er beschloss, das unerwähnt zu lassen. Der Mann wirkte ohnehin schon verwirrt genug. Es war ihm anzusehen, dass ihm die Frage, was in aller Welt er in dem Weiher getan hatte, auf der Zunge lag. Er sprach sie nicht aus.

„Haben Sie es weit nach Hause?"

„Etwa dreißig Minuten zu Fuß."

„Dreißig Minuten? So lange können Sie unmöglich in diesen nassen Kleidern draußen bleiben. Sie holen sich den Tod."

Auch an seiner Stimme war etwas merkwürdig. Sie wirkte rau und kratzig, als wäre er Kettenraucher oder heiser. Sie passte nicht zu seiner Erscheinung.

Prüfend sah Raphael an sich hinab und musste gestehen, dass sein Gegenüber recht hatte. Schlotternd schlang er die Arme um seinen Leib und zuckte mit den Schultern.

„Welche Wahl habe ich?"

„Meine Wohnung ist nur etwa zehn Minuten entfernt. Sie sind willkommen, sich dort ein wenig aufzuwärmen."

Der Fremde stutzte, als hätte er Angst, etwas Falsches gesagt zu haben. „Das … das ist nicht merkwürdig, oder? Das ist ein legitimer Vorschlag, habe ich recht?"

Sein Retter war kaum fähig, ihn anzusehen, biss sich auf die Unterlippe und fuhr sich mit einer fahrigen Bewegung durch das Haar, als hätte er eine peinliche Frage gestellt. Eigentlich wollte er nur so schnell wie möglich zurück in seine Unterkunft und die Geschehnisse dieses Morgens in Ruhe verarbeiten. Er fürchtete nur, das würde den Mann in seiner Unsicherheit bestärken.

„Nein, das ist ein guter Vorschlag. Ich nehme Ihr Angebot dankend an."

Raphael war überrascht, wie bescheiden der fremde Herr wohnte. Offenbar war er nicht gerade reich und gab sein Geld eher für gute Kleidung und schöne Einrichtungsgegenstände aus. Die kleine Wohnung passte nicht zu seinem aristokratischen

Auftreten. Er hätte wetten können, der Mann lebe in einem Herrenhaus. Stattdessen fand er sich nun in einem kleinen Arbeitszimmer wieder, das von einem Schreibtisch, einem Ohrensessel und einer Rècamiere vollständig ausgefüllt wurde. Auffällig waren die Kerzenständer, die auf jeder freien Fläche standen. Seine Aufmerksamkeit wurde allerdings von dem Notenblatt, der Schreibfeder und der Violine auf dem Tisch gefesselt. Daneben befand sich ein angeschnittener Granatapfel. Er zog die Decke, die ihm der Herr gegeben hatte, enger um seine Schultern, heilfroh, nun trockene Kleidung zu tragen. Vorsichtig berührte er das Instrument, wobei er ihm einen vorwurfsvollen Ton entlockte.

„Sie spielen die Violine?"

Mit einer eleganten Handbewegung wies sein Retter auf den Ohrensessel. „Bitte, nehmen Sie Platz. Oder möchten Sie lieber woanders sitzen? Verzeihen Sie, der Kontakt mit Menschen ist etwas … schwierig für mich."

Raphael lächelte freundlich und ließ sich in das weiche Leder sinken. „Vielen Dank, der Sessel ist ein vorzüglicher Platz."

Nun, da die erste Aufregung von ihm gewichen war, merkte er mit einem Mal, wie schrecklich müde er war. Er hatte die ganze Nacht nicht geschlafen, weil sein Kopf nicht hatte schweigen können. Deshalb war er im Morgengrauen losgezogen, um sich in den Weiher zu legen. Er rieb sich die schmerzende Stirn und die brennenden Augen, ehe er sich wieder dem Fremden zuwenden konnte.

„In der Tat, ich spiele die Violine", antwortete dieser, während er ihm einen heißen Tee reichte, auf der Récamiere Platz nahm und die Beine übereinanderschlug. Raphael rührte mit dem Löffel in der Tasse, doch seine Bewegung fiel so hektisch aus, dass er das Getränk beinahe verschüttet hätte. Er musste sich zusammenreißen, durfte nicht immer so schnell sein mit allem.

„Ich bin Berufsmusiker und hatte gestern Abend einen Auftritt mit meinem Orchester", führte der Mann weiter aus. Obwohl er ruhig sprach, verstärkte sich bei Raphael das Gefühl, dass mit ihm irgendetwas nicht stimmte. Seine Pupillen huschten wild hin und her, immer wieder rieb er sich den Oberschenkel und wenn ihn seine Augen nicht trogen, zitterten seine Hände. Er selbst konnte sich nicht entscheiden, ob er sich in der Gegenwart dieses Mannes unwohl oder wohlfühlte. Einerseits war ihm in seiner Wohnung warm – etwas, was höchstens in seinem eigenen Zuhause, bei seiner Frau und seinem kleinen Sohn vorkam - andererseits spürte er dieses seltsame Kribbeln am ganzen Körper, das ihn normalerweise nur befiel, wenn er von besonders großer Unruhe oder gar Angst erfüllt war. Mit aller Mühe versuchte er, das ungute Gefühl zu unterdrücken und fragte weiter nach.

„Gestern Abend, sagen Sie? Dann waren Sie heute früh auf den Beinen. Es ist schließlich Sonntag."

Der Mann nickte. „Ich konnte nicht schlafen."

Raphael horchte auf. Konnte es sein … Nein, unmöglich, so wie ihm erging es diesem seltsamen

Fremden sicherlich nicht. Es gab viele andere Gründe, warum ein Mensch keinen Schlaf fand. Es musste nicht immer etwas zu bedeuten haben. Manche reagierten empfindlich auf Wetterumschwünge oder den Vollmond, das musste nichts heißen. Dennoch verlieh es ihm den Mut, wenigstens teilweise zuzugeben, warum er in diesem Gewässer gelegen hatte.

„Dann sind wir bereits zu zweit, ich nämlich auch nicht."

Immer noch keine Regung auf dem Gesicht seines Gegenübers. Unruhig setzte Raphael sich in seinem Sessel zurecht.

„Und dann haben Sie beschlossen, ein Bad zu nehmen?"

Er hob den Kopf, woraufhin der Fremde seinem Blick sofort auswich und die Hände ineinander krampfte. „Entschuldigen Sie, ich wollte nicht ..." Seine Stimme brach, als wäre er kurz davor, in Tränen auszubrechen.

Das Kribbeln verstärkte sich. Möglichst ungezwungen winkte Raphael ab. „Keine Ursache."

Für einen Augenblick herrschte Schweigen zwischen ihnen. Mittlerweile stand die Sonne hoch genug, um ihre ersten Strahlen in die Kammer zu werfen. Sie wärmte ihm den Rücken, dennoch verstärkte sich das Kribbeln und auch seine Kopfschmerzen wurden schlimmer. Ein sonniger Tag also. Ein sonniger Tag war einer, der ihn mit Migräne plagen würde.

„Was ...", setzte sein Retter an, doch abermals brach seine Stimme, sodass er noch einmal von vorn beginnen musste. „Was machen Sie in Heidelberg, wenn ich mir diese Frage erlauben darf? Sie sprachen von einer Unterkunft, also wohnen Sie hier scheinbar nicht."

Raphael führte den Tee an seine Lippen, um sich zu beschäftigen, merkte aber im letzten Moment, dass es Pfefferminze war. Die vertrug er nicht. Unauffällig stellte er das Gefäß zurück auf den Beistelltisch.

„Ich habe einen Vortrag an der hiesigen Universität gehalten. Eigentlich lebe ich in Göttingen und arbeite als Professor am dortigen Institut für theoretische Physik."

„Sie sind Physiker?"

„Ja. Ich gebe aber auch Kurse in Philosophie und Mathematik."

Der Fremde überlegte einen Moment. „Physik, Philosophie und Mathematik", wiederholte er langsam. „Das haben Sie alles studiert?"

„Ja, natürlich."

„Aber die Professur haben Sie für Physik?"

„Korrekt. In Mathematik und Philosophie habe ich nur promoviert."

Zum ersten Mal zeigte sich auf dem Gesicht seines Gegenübers der Hauch eines Ausdrucks. Er hob die Augenbrauen und schaffte es kurzzeitig, seinen Blick zu erwidern. Mit aller Mühe hielt Raphael dem stand. Hatten sie etwa beide Probleme mit ganz gewöhnlichen sozialen Interaktionen?

„*Nur*? Wie alt sind Sie, wenn ich fragen darf?"

„Dreißig."

„Sie haben mit dreißig bereits drei Doktortitel und eine Professur? Wie ist das möglich?"

Raphael schmunzelte. „Indem man träumt."

Sie sahen einander an. „Und womit genau beschäftigen Sie sich in der Physik?"

Raphael wünschte, er hätte einen Schluck von dem Tee nehmen können. Seine Kehle fühlte sich an wie ausgedörrt. Er war nicht darauf vorbereitet gewesen, ein richtiges Gespräch zu führen, hätte nicht erwartet, dass sich dieser Mann derart für seine Arbeit interessieren würde oder dass sie überhaupt zur Sprache kommen würde.

„Mein Gebiet ist die Quantenmechanik."

Als seitens seines Gesprächspartners eine Reaktion ausblieb, wurde ihm bewusst, dass er mit dem Begriff nichts anfangen konnte. Kein Wunder. Die Quantenphysik war keine althergebrachte Theorie, von der jeder schon einmal gehört hatte. Also beschloss er, seine Antwort näher auszuführen. „Denken Sie an Ihre Violine. Sie liegt jetzt gerade auf Ihrem Schreibtisch und weil sie dort liegt, kann sie sich nicht gleichzeitig in Ihrer Hand oder im Koffer befinden. So weit dürfte das logisch sein, jedoch besteht Ihre Violine aus einer unglaublich hohen Zahl an Atomen und wenn diese Atome an eine Gabelung kommen, wählen sie nicht einen der Wege aus, sondern nehmen beide gleichzeitig. Das ist unlogisch, denken Sie? Ist es auch. Und trotzdem ist es wahr."

Er hatte sich bemüht, so langsam zu sprechen, wie es ihm möglich war, dennoch konnte er sich das Schnellsprechen nicht gänzlich abgewöhnen, wenn es darum ging, einen Sachverhalt zu erklären. Mit Freuden stellte er fest, dass ihm sein Gegenüber trotzdem hatte folgen können, denn sein Gesicht hellte sich auf.

„Das ist überaus beeindruckend. Wie beweist die Quantenmechanik dieses Phänomen?"

„Gar nicht. Es lässt sich weder beobachten noch messen, aber bevor Sie urteilen oder vielmehr verurteilen, bedenken Sie dies: Nur, weil man etwas nicht kennt oder nicht sehen kann, bedeutet das nicht, dass es nicht real ist. Trifft zum Beispiel Gammastrahlung ein Elektron, kann es seinen Impuls nur dann verändern, wenn es zuvor überhaupt einen Impuls hatte. Wir kennen diesen Impuls vielleicht nicht, doch das heißt nicht, dass es ihn nicht gibt."

Allmählich merkte er, dass sein Redefluss immer unkontrollierter wurde. Er versuchte, sich zu zügeln, doch die Begeisterung schoss mit einer solchen Geschwindigkeit durch seine Adern, dass er sich nicht mehr zurückhalten konnte. Die Befangenheit fiel von ihm ab und in ihm loderte das Feuer der Leidenschaft, das ihn wild gestikulieren und die Worte nur so aus seinem Mund sprudeln ließ.

„Wenn Sie noch genauer wissen möchten, womit ich mich beschäftige, erlauben Sie ein weiteres Beispiel: Stellen Sie sich einen See vor, ein komplexes Ökosystem mit unzähligen verschiedenen Pflanzenarten, Fischen, Fröschen, Enten … mit allem eben. Vertrocknet dieser See im Laufe der Zeit, sterben die Pflanzen und die Tiere, er hört also auf, in der physischen Welt zu existieren, auf

Quantenebene aber bleiben seine Informationen gespeichert. Diese Informationen könnten weiter wandern, in eine andere Dimension und dort einen neuen See entstehen lassen. Auf Menschen lässt sich das ebenso übertragen, meiner Meinung nach sind wir im Grunde nichts anderes als Bewusstsein, das eine materielle Form angenommen hat, die natürlich sterben kann, aber genau wie die Informationen des Sees bleibt auch unser Bewusstsein erhalten, das …"

Er verstummte, als ihm klar wurde, dass er einem vollkommen Fremden etwas aufdrängte, wonach er nicht explizit gefragt hatte. Gewiss, er hatte sich nach seiner Arbeit erkundigt und wirkte interessiert daran, aber in seiner Begeisterung war er wie so oft über das Ziel hinausgeschossen. Wieder einmal stieg ihm die Hitze ins Gesicht. Um ein Haar hätte er es riskiert, einen Schluck von dem Tee zu nehmen, um sich hinter der Tasse verstecken zu können.

„Verzeihen Sie", murmelte er. „So genau wollten Sie es bestimmt nicht wissen. Sie müssen mich für verrückt halten, selbst meinesgleichen halten mich ob dieser Ansichten bisweilen für wahnsinnig. Wer weiß, vielleicht bin ich das."

Ein nervöses Lachen entwich ihm, gefolgt von einer ausholenden Bewegung, mit der er sich eine Locke aus der Stirn streichen wollte. Sie fiel fahrig und unkontrolliert aus, sodass er mit dem Ellenbogen gegen die Tasse stieß. Blitzschnell schoss seine Hand hervor und bekam sie im letzten Moment zu fassen. Das heiße Getränk schwappte über und befleckte das Deckchen auf dem Beistelltisch.

„Oh, Verzeihung!"

Hektisch kramte er in seiner Hosentasche nach einem Taschentuch, um die Schweinerei zu beseitigen. Sein Gastgeber winkte ab.

„Lassen Sie nur, ich mache das später. Außerdem können Sie unbesorgt sein. Ich finde Ihre Ansichten sehr interessant. Vergessen Sie den verschütteten Tee, setzen wir unsere Konversation fort. Sie sagten, Menschen können sterben, ihr Bewusstsein jedoch nicht. Ist das nicht eher Philosophie und weniger Physik?"

Raphael gab den Versuch auf, ein Taschentuch zu finden und atmete tief durch, um sich zu sammeln.

„Philosophie und Physik schließen einander nicht aus, sie bedingen und beeinflussen sich gegenseitig."

Sein Gegenüber wechselte das Bein, das er über das andere schlug und stützte sich mit dem Arm auf der Récamiere auf. Obwohl die Regungen in seinem Gesicht immer noch sehr spärlich waren, glaubte Raphael, ein Funkeln in seinen Augen zu entdecken.

„Wenn Sie von Bewusstsein sprechen, meinen Sie dann die Seele? Folglich müssen Sie an eine unsterbliche Seele glauben und wenn Sie nach einer unsterblichen Seele suchen, suchen Sie dann nicht in irgendeiner Weise nach Gott?"

Raphael war erstaunt, in welchem Ausmaß sich sein Gesprächspartner auf dieses Thema einließ.

Das hatte er selten erlebt. Es ermutigte ihn, freier zu sprechen, als er es sonst getan hätte.

„Sie kommen der Sache näher, wobei ich das, wonach ich suche, persönlich nicht Gott nenne. Ich beschäftige mich mit der Frage, ob es irgendwo dort draußen, irgendwo im Universum, eine höhere Macht gibt."

Sein Gegenüber hob die Mundwinkel ein Stück, was bei ihm wohl als Lächeln zählte. Nach wie vor konnte Raphael sich nicht entscheiden, was er von ihm halten sollte. Auf sonderbare Weise fühlte er sich bei diesem Mann sicher. Obwohl sein Gesicht so ausdruckslos war, wirkte er nicht unsympathisch oder unnahbar. Er strahlte eine wohlige Wärme aus und trotz der Starrheit seiner Mimik sandten seine Augen eine Botschaft aus. Er konnte sie nur noch nicht entschlüsseln.

„Ich bewundere die Leidenschaft, mit der Sie sprechen. Ich wünschte, ich wäre dazu fähig."

„Sind Sie das nicht? Erfüllt Sie Ihre Profession, die Musik, nicht mit Leidenschaft?"

Der Fremde erwiderte seinen Blick, auch wenn ihm anzusehen war, dass ihn das Überwindung kostete. „Oh, doch. Aber nur, während ich spiele. Sobald ich die Violine aus der Hand lege, ist diese Leidenschaft fort. Deshalb könnte ich niemals mit einem solchen Feuer über meinen Beruf sprechen wie Sie es vermögen."

„Was motiviert Sie dann dazu, Ihr Instrument überhaupt erst in die Hand zu nehmen?"

„Die Aussicht auf ein Gefühl der Leidenschaft."

Wieder herrschte einen Augenblick Schweigen. Raphael musste diese Information erst einmal verinnerlichen, bevor er etwas erwidern konnte.

„Ich hoffe, Sie nehmen mir diese Frage nicht übel, aber haben Sie einmal darüber nachgedacht, ob diese Berufung die Richtige für Sie ist?"

Sein Gegenüber schüttelte kaum merklich den Kopf. „Sie verstehen das falsch. Es liegt nicht an meiner Tätigkeit. So ergeht es mir mit allem. Ich bin heute in den frühen Morgenstunden spazieren gegangen, weil ich nicht schlafen konnte und hoffte, meine Gedanken dadurch ordnen zu können. Genossen habe ich diesen Spaziergang nicht. Der pastellfarbene Himmel, das erste Vogelgezwitscher, die aufgehende Sonne … normale Menschen hätten sich daran erfreut. Ich nicht. Dazu bin ich nicht fähig. Nur, wenn ich die Violine spiele, empfinde ich Freude und Leidenschaft."

„Sie brauchen die Musik, um zu fühlen", schloss Raphael fasziniert. Nie zuvor hatte er von etwas Ähnlichem gehört.

„So ist es."

„Was hat Ihr Orchester gestern Nacht gespielt?"

„Mozarts Requiem."

Raphael begann allmählich, sich zu fragen, wie viele Zufälle dieser Tag noch für ihn bereithalten würde. Ungläubig schüttelte er den Kopf.

„Das ist mein Lieblingsstück."

Auch der Mann, dessen Namen er nicht kannte, wirkte erstaunt.

„Tatsächlich?"

„Oh ja. Besonders schätze ich den Teil *Confutatis.* Können Sie das auf der Violine spielen? Ohne Chor und Orchester, meine ich."

„Nun ja, natürlich kann man Noten, die normalerweise gesungen werden, mit der Violine spielen. Die Frage ist nur, ob der Effekt dann der Gleiche ist."

„Würden Sie es versuchen?"

Er überraschte sich selbst mit dieser Frage. So wagemutig und ungezwungen war er selten im Umgang mit anderen Menschen. Etwas verriet ihm, dass es seinem Gesprächspartner ähnlich erging. Dieser sah auf seine Hände, die er mittlerweile wieder im Schoß gefaltet hatte. Als Raphael seinem Blick folgte, fiel ihm auf, dass Tintenflecken an ihnen hafteten und sie nach wie vor zitterten. War er immer noch nervös? Er hätte wetten können, von ihnen beiden wäre die Anspannung abgefallen.

Doch der Mann antwortete so lange nicht, dass Raphael befürchtete, er könnte etwas Falsches gesagt haben. Er schluckte ein paar Mal, um seine trockene Kehle zu befeuchten und sah zum Fenster. Die Sonne, die immer heller hereinsickerte, tauchte die Möbel in blendendes Licht, wohingegen sie an anderen Stellen unharmonisch harte Schatten warf. Seine Kopfschmerzen wurden schlimmer. Erneut rieb er sich die Stirn und versuchte, die aufkommende Übelkeit zu unterdrücken. Er war nicht sicher, ob es seinem Gastgeber aufgefallen war oder ob er sich ebenfalls an der Helligkeit störte. Jedenfalls erhob er sich, zog die Vorhänge zu und begann, die Kerzen zu entzünden. Es wurde eine langwierige Angelegenheit, weil ihm das Zittern seiner Hände oftmals einen Strich durch die Rechnung machte. Erst, als er das Streichholz auf den letzten Docht niedersenkte, beantwortete er Raphaels Frage.

„Nur unter einer Bedingung."

„Die wäre?"

Sein Gesprächspartner blies das Streichholz aus und betrachtete den Rauch, der von der verkohlten Spitze aufstieg und sich in die Luft kringelte.

„Musik hat die unschätzbare Fähigkeit, die Nerven zu beruhigen. Wenn mir das bei Ihnen gelingt, müssen Sie mir versprechen, dass Sie Beruhigung nicht mehr in eiskalten Gewässern bei eiskalten Temperaturen suchen."

Raphael stutzte. „Woher wissen Sie …?"

„Ich besitze eine schlechte Menschenkenntnis", gestand sein Gastgeber und legte das Streichholz zur Seite. „Mir fällt es schwer, mich in sie hineinzuversetzen, ihre Beweggründe zu verstehen, Bindungen mit ihnen einzugehen …"

Wie schon ein paar Mal zuvor, brach seine Stimme. Was war das nur?

„… Bindungen mit ihnen einzugehen", wiederholte er krächzend und mit vor Scham glühenden Wangen, „und manchmal auch, Mitgefühl für sie zu empfinden. Aber bei Ihnen ist es anders, warum auch immer. Sie haben in drei Fächern promoviert, in einem haben Sie sogar die Professur und das in Ihrem Alter. Das ist unmenschlich. Sie sprechen so leidenschaftlich über Ihre Tätigkeit, dass man sich konzentrieren muss, um Ihnen folgen zu können.

Ich wette, in Ihrem Kopf rattert es noch schneller, als Sie es je auszusprechen vermögen. Vermutlich hört dieses Rattern niemals auf, habe ich recht? Nicht einmal in der Nacht. Manchmal müssen Sie Ihre Gedanken betäuben, Ihre Nerven beruhigen. Ich weiß das, weil …"

Er brach wieder ab, räusperte sich und setzte erneut an. „… weil es mir ähnlich ergeht. Nur ist es bei mir keine Intelligenz, die mich plagt. Bitte, fragen Sie nicht nach. Ich möchte darüber jetzt nicht sprechen."

Sprachlos starrte Raphael sein Gegenüber an und als er ihm in die Augen blickte, wusste er mit einem Mal, was es war, das er darin lesen konnte. Plötzlich war ihm auch klar, woher dieses Kribbeln kam, das ihn in seiner Gegenwart erfüllte. Das Ganze hatte überhaupt nichts mit ihm, Raphael, zu tun. Es war nicht sein eigenes Gefühl, das in ihm wütete, sondern das seines Gastgebers, das sich auf ihn übertragen hatte.

Es war Angst.

Tiefe, schwarze, bodenlose Angst.

Sie war es, die ihn marterte, Tag für Tag, Nacht für Nacht. Deshalb war da nichts an diesem Mann: keine Mimik, keine Leidenschaft, keine soziale Intelligenz. Nichts. Er war nur Angst. Und seine Augen schrien diese Angst verzweifelt in die Welt hinaus, aber sie waren zu leise, um von irgendwem gehört zu werden. Dafür musste man genauer hinsehen und dazu waren die meisten Menschen nicht bereit. Sie waren zu beschäftigt damit, den lauten Stimmen zu folgen und sich von ihnen blenden zu lassen, egal, welche menschenfeindlichen Ideologien sie hinausposaunten. Dieser angsterfüllte Mann war das übersehene Opfer der Zeit. Er war ein Jude. Damit schloss sich der Kreis, denn auch Raphael war ein Jude. Und wenn ein Jude einem Juden lauschte, konnte dabei nur Magie entstehen, so wie jetzt, als sein Gastgeber den Notenständer vor sich stellte, die Violine anlegte und die ersten Töne spielte. Die Melodie von *Confutatis* war so gut zu erkennen, dass Raphael sofort spürte, wie das Stück sein Blut in Wallung brachte. Es geleitete ihn in eine andere Welt, in der Ruhe und das Feuer der Leidenschaft Hand in Hand gingen und einander nicht ausschlossen. Sie erfüllten seinen Kopf mit angenehmer Kreativität und Schöpferdrang.

Ob es Mozart ebenfalls so ergangen war, als er das Requiem geschrieben hatte? Der Tod und die baldige, ewige Ruhe hatten ihm bereits in den Knochen gesteckt. Gleichzeitig musste er die Stimmen der Engel gehört haben, sonst konnte man etwas Derartiges nicht komponieren.

Dieser Mann, diese Personifikation der Angst, schien sich ebenfalls in einer anderen Dimension zu befinden. Die Starrheit und Ausdruckslosigkeit auf seinem Gesicht waren verschwunden. Es war nicht mehr unbeweglich und kalt, sondern leidend und schön, alt und jugendlich. Die Violine passte so perfekt zu ihm, schmiegte sich derart natürlich an ihn, als wäre sie ein Teil seiner Seele. Er konstruierte seine eigene Welt und erlaubte Raphael, einem Mann, den er erst seit wenigen Stunden kannte, dieses Universum zu betreten. Nein, der Fremde war nicht starr, steif und leblos, sonst hätte er diese Welt nicht malen können. Nicht das Universum schuf das Leben, sondern das Leben schuf das Universum. Aus nichts konnte nichts entstehen. Es stimmte nicht, was die Bibel sagte. Am Anfang war die Welt nicht wüst und wirr gewesen. Am Anfang war da Leben gewesen, Leben und Materie.

Das Stück endete. Sein Gastgeber spielte die letzten Noten und ließ sie verklingen, sodass Raphael sanft in die Realität zurückgetragen wurde. Langsam schwebte die Magie hinfort, durch die Ritzen zwischen den Vorhängen hinaus in das Licht. Realität? Wer sagte, dass dies seine Realität sein musste? Konnte nicht die Welt, in der er sich gerade aufgehalten hatte, seine Realität sein? Am liebsten hätte er ihn festgehalten, diesen Zauber, und nie wieder losgelassen, doch es war zu spät. Er war fort.

„Das war wundervoll." Dieses Mal war er derjenige, der heiser klang. Ein zaghaftes Lächeln huschte über die nun wieder starren Züge seines Gastgebers. Es war, als wäre das Leben in ihm gemeinsam mit der Magie durch das Fenster entflohen.

„Ich freue mich, dass es Ihnen gefallen hat."

Er legte die Violine und den Bogen zurück auf den Schreibtisch, bevor er einen Schritt auf ihn zutrat. Seine Hand zitterte nicht mehr so sehr, als er sie ihm entgegenstreckte.

„Haben wir eine Vereinbarung? Ich spiele Ihnen auf der Violine vor und Sie halten sich von Gewässern fern?"

Eine seltsame Schwermut legte sich über ihn, als ihm klar wurde, dass er morgen zurück nach Göttingen fahren würde.

„Ich fürchte, daraus wird nichts, ich reise morgen ab."

„Dann werden Sie mich wohl hin und wieder besuchen müssen."

Ein Kampf begann, in seinem Inneren zu toben. Einerseits erfüllte ihn der Gedanke, diesen Mann womöglich nie wieder zu sehen, mit Traurigkeit, andererseits graute ihm allein bei der Vorstellung, öfter eine lange Zugfahrt auf sich nehmen zu müssen. Dann aber sah er wieder in seine Augen, die so verzweifelt schrien und er konnte nicht anders, als zu nicken.

„Mit Vergnügen."

„Nun denn, wollen Sie endlich einschlagen?"

Raphael ergriff die ihm dargebotene Hand und schüttelte sie. Sein Gastgeber hielt sie noch einen Augenblick fest und bemühte sich um ein Grinsen.

„Ist Ihnen etwas aufgefallen?"

„Nein, wovon sprechen Sie?"

„Wir unterhalten uns seit Stunden, aber vorgestellt haben wir uns noch nicht. Ich bin ..."

Raphael ließ seine Hand los und hob seine eigene einhaltgebietend. „Nein, verraten Sie mir Ihren Namen nicht."

Der Mann, der für ihn namenlos bleiben würde, blickte verwirrt drein.

„Warum nicht?"

„Eines Tages werden Sie es begreifen."

„Das heißt, Sie werden mir auch den Ihren nicht nennen?"

Mit einem wissenden Lächeln schüttelte Raphael den Kopf.

II. Sequentia

Einige Kerzen waren heruntergebrannt, als Raphael aus der Erinnerung erwachte. Seine Augen brannten. Sicher nur vom Rauch. Blinzelnd sah er hinüber zur Récamiere. Sein Freund schlief nach wie vor, sein namenloser Freund mit der Schreibfeder, den Kerzen und der Violine. Fast sah er aus wie eine Skulptur, wie er dort lag mit seiner perfekten Kleidung, der ebenso perfekten Frisur und dem Gesicht, das ohnehin wie gemeißelt wirkte. Wie hervorragend er zu den Gemälden an den Wänden passte. Beinahe war er selbst eines. Nicht, dass Raphael unansehnliche Züge besessen hätte. Obwohl einige optische Klischees, die man von Wissenschaftlern hatte, auf ihn zutrafen, war er doch kein Einstein. Er achtete darauf, stets frisch rasiert zu sein, die Locken zu bändigen und Kleidung aus hochwertigen Materialien zu tragen. So makellos wie eine Skulptur würde er trotzdem nie aussehen. Dafür war er zu dünn und seine Brille zu stark, die Augenringe vom Schlafmangel zu auffällig.

Er atmete so tief ein wie möglich, dennoch erreichte nicht genug Sauerstoff seine Lungen. Der Kloß in seinem Hals war nicht verschwunden, der Druck auf seiner Brust nahezu unerträglich. Wenn sein Freund doch endlich erwachen würde. Dann würde er ihm auf der Violine vorspielen und es würde ihm besser gehen. So blieb ihm lediglich eine weitere Erinnerung, nämlich an das Treffen, bei dem ihm klargeworden war, dass sein Freund und er keine Menschen waren.

Confutatis

Das Kratzen der Schreibfeder erfüllte den Raum, der wie immer von Kerzen erhellt wurde. Sein Freund saß mit dem Rücken zu ihm und war so in seine Arbeit vertieft, dass er ihn nicht bemerkt hatte. Raphael klopfte gegen den Türrahmen und räusperte sich. Sein Freund zuckte zusammen und fuhr herum. Der erschrockene Ausdruck auf seinem Gesicht wich sofort einer Mimik, die Erleichterung ausdrückte.

„Mein Freund", begrüßte er ihn mit etwas, das man bei ihm als Lächeln zählen konnte. „Sie haben mich erschreckt. Kommen Sie herein. Ich …"

Seine Stimme brach. „ … ich freue mich, dass Sie hier sind. Das habe ich richtig gesagt, oder?"

Wie froh er war, seinen Freund zu sehen, wie er an seinem Schreibtisch saß, die Schreibfeder in der Hand, die Violine neben sich. Die Kälte der Welt wich wie von Zauberhand von ihm und schuf Platz für ein warmes Gefühl.

Er konnte also seinen Mantel ausziehen. Langsam, beinahe andächtig, öffnete er die Knöpfe, schlüpfte aus den Ärmeln, hängte ihn an den Kleiderhaken, den Hut dazu und betrachtete ihn für einen Moment, wie er dort hing und ausnahmsweise einmal nicht gebraucht wurde. Das war ein besonderer Augenblick und so lächerlich es war, er musste ihn zelebrieren. Einige Lidschläge lang sah er dabei zu, wie die Regentropfen an ihm entlangrannen und zu Boden ploppten, wo sie eine kleine Pfütze bildeten. Sein Freund unterbrach ihn nicht, kommentierte nicht, urteilte nicht. Als er sich daran sattgesehen hatte, drehte er sich um, die Hände in den Hosentaschen und betrachtete die Wände. Probehalber klopfte er gegen eine davon.

„Wissen Sie, wie viel Wärme über Ihre Wände zu Ihren Nachbarn entweicht?"

„Nein, warum fragen Sie?"

„Das sollten Sie berechnen, Wärme ist etwas, das Sie unbedingt in diesem Raum bewahren müssen, sie ist nicht oft irgendwo zu finden. Wenn Sie möchten, kann ich das für Sie tun."

„Ich verstehe."

Irgendetwas sagte ihm, dass sein Freund ihn tatsächlich verstand und es nicht nur behauptete, damit er Ruhe gab. Er drehte sich zu ihm um, nahm auch die andere Hand aus der Hosentasche und hielt seine Rechte seinem Freund entgegen. Erst jetzt bemerkte er den Spazierstock, der am Schreibtisch lehnte. Den hatte er letztes Mal noch nicht besessen. Sein Freund griff danach, stemmte sich daran hoch und ergriff seine Hand. Auch seine Haut war warm. Die meisten Menschen waren so kalt wie ihre Umgebung.

„Schön, dass Sie da sind", wiederholte sein Gegenüber und wies auf den Ohrensessel. „Bitte."

Das ließ sich Raphael nicht zweimal sagen. Erschöpft von der Zugfahrt sank er in das weiche Leder.

„Möchten Sie ein wenig Gebäck von Weihnachten? Meine Vermieterin war so freundlich, mir welches vorbeizubringen."

Sein Freund bot ihm einen Teller mit allerlei verschiedenen Plätzchen an. Ablehnend schüttelte Raphael den Kopf.

„Nein, vielen Dank, ich vertrage kein Gebäck mehr."

Obwohl in seinem Gesicht wie immer kaum etwas zu lesen war, wirkte er verwundert.

„Mehr?"

Seufzend hob Raphael die Schultern. „Zuerst war ich nur gegen Milch allergisch, dann gegen Früchte, anschließend gegen Nüsse und nun gegen alles, was Getreide enthält."

„Nun, das schränkt die Auswahl ein. Es war aber nicht falsch von mir, dass ich Ihnen etwas angeboten habe, oder? Verzeihen Sie, ich weiß manchmal schlichtweg nicht …"

„Sie haben alles richtig gemacht."

Raphael schenkte seinem Freund ein aufmunterndes Lächeln und betrachtete ihn verstohlen. Seine ganze Haltung wirkte starr, schlimmer als beim letzten Mal. Wenn er sich nicht täuschte, war der Geruch von Johanniskraut, welcher der Kammer anhaftete, ebenfalls intensiver geworden. Er musste krank sein. Bisher hatte er es allerdings nicht gewagt, ihn danach zu fragen.

Wie zur Bestätigung, ließ sich sein Freund schwerfällig auf der Récamiere nieder, ohne den Gehstock loszulassen, schlug die Beine übereinander und verschränkte die Hände auf dem silbernen Knauf. Wie immer trug er ein weißes Hemd, einen schwarzen Pullover und eine schwarze Hose. Es war mitten in der Nacht. Die Kerzen flackerten, die Schatten tanzten.

„Wie kommen Ihre Studien voran? Das ..." Sein Freund schlug die Augen nieder. „Das fragt man doch, oder? Oder hätte ich mich lieber erkundigen sollen, wie es Ihrer Frau und Ihrem Kind geht?"

Raphael war froh, dass er nicht der einzige Mensch auf dieser Welt war, der mit den normalsten Dingen größte Schwierigkeiten hatte.

„Ich schätze, Sie können fragen, was immer für Sie von Interesse ist."

„Gut. Also dann ... Ihre Studien. Sind Sie der Suche nach einer höheren Macht nähergekommen?"

„Ich glaube, um eine höhere Macht wirklich finden zu können, müsste ich sie erst einmal definieren und das wird mir nie gelingen, weil es alles sein könnte."

„Aber wenn Sie gar keine Hoffnung haben, dass Ihre Suche eines Tages erfolgreich sein könnte, warum investieren Sie dann überhaupt Arbeit?"

„Das ist ein berechtigter Einwand. Sehen Sie, ich stelle mich der Frage, was real ist. Wenn Sie genauer nachdenken, werden Sie feststellen, dass selbst unsere Wahrnehmung kein objektives Abbild unserer Realität ist. Sie werden mir vermutlich zustimmen, dass das Leder dieses Ohrensessels braun ist, aber letztendlich kann ich mir nicht sicher sein, ob Sie wirklich exakt das gleiche Braun sehen wie ich und wenn Sie einen anderen Farbton wahrnehmen, woher weiß ich dann, welcher davon real ist? Damit nicht genug, ich gehe in meinen Überlegungen sogar noch weiter. Was ist, wenn nicht einmal die Welt, in der wir leben, real ist, ja, wenn selbst wir nicht real sind? Wer versichert mir, dass es irgendwo dort draußen im Universum nicht eine höher entwickelte Macht gibt, die unsere Realität, vielleicht sogar uns Menschen lediglich simuliert hat und das so gut, dass wir es nicht bemerken? Nun stellen Sie sich einmal vor, was das bedeuten würde für uns. Jegliche Religionen wären hinfällig, weil sich die Frage nach dem Schöpfer erledigt hätte, es müsste nie wieder einen Krieg wie den vergangenen geben, denn weshalb sollten eine Reihe simulierter Länder um ein Stück simuliertes Land kämpfen? Und nicht zuletzt könnte ich möglicherweise endlich die Wahrheit durchblicken, ich könnte sie sehen und vielleicht würde das erklären, warum ich so bin wie ich bin, warum ich mich wie ein Engel fühle, der vom Himmel gefallen ist, der sich nicht an seine wahre Herkunft erinnert und sich wundert, warum er nicht in diese Welt passt. Wer sagt mir, dass dem nicht tatsächlich so sein könnte, dass manche Menschen entgegen jedweder Logik nicht von hier sind, dass sie von einem anderen Stern kommen?"

Er unterbrach sich, als ihm auffiel, dass die Leidenschaft wieder einmal mit ihm durchgegangen war. Sein Atem ging schnell und er schwitzte. Sein

Freund hatte ihm die ganze Zeit aufmerksam ge-
lauscht. Raphael fragte sich, ob er dieses Mal wirklich zu weit gegangen war. Er musste sich in der Tat
wie ein Verrückter anhören.

„Wenn dem so ist, was machen diese Menschen
dann hier? Sind das überhaupt Menschen?"

Raphael hob die Schultern und fuhr sich über die
schweißnasse, schmerzende Stirn, wenngleich er
sich über diese Frage freute. Sie zeigte ihm, dass
sein Freund sich auf all diese ungewöhnlichen The-
matiken einließ und er offen mit ihm sprechen
konnte.

„Wenn ich das nur wüsste."

Sein Freund krampfte die Hand um den Knauf
des Spazierstockes. Sein Adamsapfel hüpfte auf
und ab. „Mir scheint, wir sind einander ähnlicher
als gedacht. Schon oft habe ich mich gefragt, wie jemand wie ich ein Mensch sein kann. Es heißt, Menschen sind soziale Wesen, aber ich …"

Wieder dieses seltsame Brechen der Stimme. „…
aber ich empfinde Schmerz in sozialen Situationen.
Nur bei Ihnen nicht. Gut möglich, dass Sie recht haben mit Ihrer Theorie."

Seine mit Tintenflecken gesprenkelten Hände
zitterten wieder. Die eine krallte er mittlerweile so
fest um den Knauf, dass das Weiß seiner Knöchel
hervortrat, während er die andere in seiner Hosentasche verschwinden ließ. Sein Brustkorb hob und
senkte sich deutlich.

Raphael antwortete nicht. Er spürte, dass sein
Freund weitersprechen wollte, aus irgendeinem
Grund aber nicht dazu in der Lage war und er

wollte ihn nicht hetzen. Wie immer durchlief ihn ein Kribbeln in seiner Gegenwart. Heute gelang es ihm, sich davon nicht beeinflussen zu lassen, wusste er doch, dass er in diesem speziellen Fall nur die Gefühle seines Gegenübers aufnahm. Es waren nicht seine eigenen. Je mehr Zeit verging, desto stärker wurde es jedoch und gesellte sich zu der Geräuschkulisse der Zugfahrt, die nach wie vor in seinen Ohren nachhallte. Eindrücke und Empfindungen überall, von allen Seiten, auf allen Sinnen. Es pochte, hämmerte und pulsierte immer stärker hinter seiner Stirn, zog sich über sein Gesicht und stach ihm in die Augen.

Mit einer unkoordinierten Bewegung griff er nach dem Wasserglas auf dem Beistelltisch, führte es an seine Lippen und nahm einen Schluck. Er musste sich konzentrieren, um nichts zu verschütten. Nach einer Weile wies sein Freund auf den Granatapfel, der wie letztes Mal angeschnitten auf dem Schreibtisch lag. „Es heißt, die Kerne eines Granatapfels erfüllen Wünsche."

Raphael nickte. „Davon habe ich gehört."

Sein Freund senkte den Kopf und betrachtete seine Hände. „Wissen Sie, was ich mir wünsche?"

Er sah zu ihm auf und eröffnete ihm etwas, was er längst wusste, weil er es instinktiv gespürt hatte. „Ich wünsche mir, keine Angst mehr zu haben."

Er sagte das mit seiner rauen, monotonen Stimme, die nichts und doch so viel ausdrückte. „Manchmal wache ich nachts auf und dann ist mein Körper erstarrt, minutenlang. Ich kann nichts dagegen tun, kann mich nicht bewegen, nichts. Ich schrecke aus dem Schlaf, aber ich habe keine Albträume, da ist einfach nur Angst. Während Ihr Geist beständig explodiert, herrscht in meinem gähnende Leere. Wissen Sie, was so erbärmlich daran ist? Dass ich nicht weiß, wovor ich Angst habe. Vor dem Leben oder vor dem Sterben? Aber das Erbärmlichste an allem ist, dass ich vermutlich der einzige Mensch auf dieser Welt bin, der an einer Krankheit leidet, die sonst nur alte Leute dahinrafft. Meine starre, hölzerne Persönlichkeit hat sich in Morbus Parkinson manifestiert. So steif, wie meine Seele immer schon war, ist auch mein Körper geworden. Ich denke, er will mich dafür bestrafen, dass ich ein Leben in Einsamkeit gewählt habe. Dabei bin ich mir nicht einmal sicher, wie freiwillig das wirklich war. Ich weiß nicht, ob ich die Einsamkeit liebe oder hasse. Ebenso bin ich unschlüssig, ob ich leben oder sterben will. Ich bin zwischen einer Vielzahl an Kontrasten hin- und hergerissen. Was soll ich tun?"

Raphael betrachtete das Weihnachtsgebäck, bei dessen Anblick ihm das Wasser im Mund zusammenlief. Wie gern hätte er es zumindest probiert. Die Erde aber schien andere Pläne mit ihm zu haben. Bisweilen konnte er sich des Eindrucks nicht erwehren, dass sie ihn von sich stoßen wollte. Seine Brust zog sich zusammen, seine Kopfschmerzen wurden schlimmer. Er nahm die Brille ab, rieb sich über die Stirn und über die Augen und versuchte irgendwie, sich Linderung zu verschaffen. Es funktionierte nicht. Als er die Brille wieder aufsetzte, blickte er in die verzweifelten Augen seines Freundes. Er hatte es ohne Zweifel schwer, aber immerhin *konnte* er leben, wenn er sich dafür entschied – im Gegensatz zu ihm. Er fürchtete, dass er bald überhaupt keine Reize mehr würde aushalten können, dass seine Allergien beständig mehr wurden, bis er gar nichts mehr essen konnte. Dann würde er sterben. Oder, dass ihn der Sauerstoff der Erde irgendwann verätzte. In diesem Fall würde er ebenfalls sterben und er konnte nicht das Geringste dagegen unternehmen.

„Wenn Sie leben können, sollten Sie es tun", gab er mit Nachdruck zurück.

„Ja, aber kann ich es denn? Woher weiß ich, dass ich lebe? Wenn Ihre Theorie wahr ist und wir alle simuliert sind, bin ich kein lebendiges Wesen, oder? Und es macht keinen Sinn, mich zu fragen, ob ich leben oder sterben will, weil mein Schicksal ohnehin feststeht. Meine Mutter war geisteskrank. Sie litt unter Halluzinationen und Wahnvorstellungen, führte ein Einsiedlerdasein und nahm sich das Leben, genau wie meine Großmutter und meine Urgroßmutter. Meine Familiengeschichte ist vorherbestimmt. Ich habe mich immer gefragt, wieso dem so ist. Ihre Theorie könnte eine Antwort darauf liefern."

„War Ihre Mutter Künstlerin?"

„Nein. Sie interessierte sich für nichts und niemanden."

„Sehen Sie, dann ist Ihre Geschichte nicht vorherbestimmt. Sie haben aus den Fehlern Ihrer Mutter, Ihrer Großmutter und Ihrer Urgroßmutter gelernt und Ihrem Leben einen Sinn verliehen. Wenn wir simuliert sind, ist unser Schicksal sicherlich vorherbestimmt, aber ich glaube nicht, dass wir überhaupt keinen Einfluss darauf haben. Innerhalb dessen können wir unsere eigenen Entscheidungen treffen."

Die Hand, die er so fest um den Spazierstock geschlossen hatte, entspannte sich. Die Knochen und Sehnen sahen nicht mehr so aus, als würden sie seine Haut jeden Moment aufplatzen lassen. Er stemmte sich in die Höhe, schleppte sich zu seinem Schreibtisch und fuhr mit den Fingern über seine Violine.

„Sie haben recht. Die Musik verleiht meinem Leben einen Sinn. Umbringen werde ich mich erst an dem Tag, an dem es mir nicht mehr möglich sein wird, eine Violine zu halten."

Raphael folgte der Linie, die sein Freund mit dem Zeigefinger auf dem Instrument malte. Obwohl die Mimik wie immer eingeschränkt war, lag so viel in dieser Berührung: Leidenschaft. Sehnsucht. Existenzielles. Im Inneren seines Freundes brannte in Wahrheit sehr wohl Feuer. Zumeist mochte es nur eine schwache Flamme sein, doch wenn er spielte, loderte sie hell. Sein Geist war nicht leer, wie er behauptete, sondern überaus reich. Er hatte nur keine Verbindung zu ihm.

„Was soll ich dieses Mal für Sie spielen?", ertönte seine Stimme nach einer Weile.

„*Confutatis*."

Sein Freund hob die Augenbrauen. „Schon wieder? Habe ich jemals etwas anderes für Sie gespielt?"

Raphael schüttelte den Kopf. „Ich bin ein treuer Mensch, mein Freund. Wenn ich etwas mag, kann ich es nicht einfach nur mögen, ich liebe es leidenschaftlich. Es verzehrt mich wie die Flammen des Höllenfeuers, durch das die Verdammten und Angeklagten in diesem Stück verurteilt werden."

Sein Freund stellte den Gehstock zur Seite, legte die Violine an, nahm den Bogen zur Hand und lehnte sich gegen den Schreibtisch.

„*Confutatis maledictis, flammis acribus addictis*", zitierte er den lateinischen Text und warf Raphael einen Blick zu, in dem man bei genauerem Hinsehen den Schalk funkeln sehen konnte. „Das übersetzen Sie mit ‚Die Verdammten und Angeklagten werden durch die Flammen der Hölle verurteilt'?"

Er schnalzte mit der Zunge wie ein strenger Lehrer, wobei ein kaum wahrnehmbares Grinsen um seinen Mund zuckte. „Scheinbar haben Sie im Lateinunterricht nur zur Hälfte aufgepasst, mein hochintelligenter Freund. Sinngemäß mag das stimmen, aber grammatikalisch ist das ein *Ablativus absolutus*. Er drückt etwas aus, was vergangen ist. Es muss also heißen: ‚Von den zum Schweigen gebrachten Verdammten, von den verzehrenden Flammen Übergebenen ... ' Anschließend geht es weiter mit *voca me cum benedictis*: ‚... rufe mich zu den Gesegneten'."

Raphael setzte sich aufrechter in seinen Ohrensessel, zog das Sakko zurecht, das ihm von den Schultern zu rutschen drohte und lehnte sich vor, bevor er mit der gleichen gespielten Überheblichkeit zurückgab: „Ich mag inkorrekt in der

Grammatik gewesen sein, dafür kann ich Ihnen diesen Text auf Englisch, Französisch, Spanisch, Italienisch und Russisch übersetzen. Nicht, dass ich angeben wollte ..."

Sie grinsten einander an und es war das erste Mal, dass sich die Mundwinkel seines Freundes deutlich hoben, das Lächeln sogar seine Augen erreichte und sie glitzern ließ.

„Also dann."

Er setzte den Bogen an und entlockte der Violine die ersten Töne, die bereits nach wenigen Sekunden in sein Innerstes drangen und seine Seele berührten. Von dort aus zogen sie wie eine seichte Brise durch seinen Körper, lösten den Knoten, der stets in seiner Brust saß und wehten die Kopfschmerzen hinfort. Er schloss die Augen, spürte, wie sich sein Geist öffnete. Statt Explosionen in seinem Gehirn waren da nur sanfte Wellen, angeregt von angenehmer Inspiration. Ausnahmsweise wurde er davon nicht verbrannt, sondern gewärmt. Immer tiefer tauchte er ein in seinen Geist, spürte seinen Atem bewusst, diese Verbindung zwischen Leben und Bewusstsein. Eine Leichtigkeit legte sich über ihn, als befinde er sich an einem Ort mit geringerer Schwerkraft, an dem die Zeit anders verlief.

Zeit. Was war das schon? Was spielte es für eine Rolle, ob er mitten in der Nacht der Musik lauschte oder am Tag? Wann er schlief? Der eine Zeitpunkt war so gut wie der andere. Zeit war relativ. Während er Stunden bei seinem Freund verbrachte, war anderswo im Universum noch nicht einmal eine Minute vergangen. Überhaupt: Was waren Sekunden,

Minuten, Stunden, Tage, Wochen, Monate, Jahre? Warum musste der Mensch Zeit in ein Raster drängen, wenn sie relativ war? Weshalb also sollte er sich um Zeit kümmern? Nein, damit würde er sich nicht belasten, er war leicht und schwerelos. Die Sehnsucht aber blieb, nur war sie zärtlicher als sonst, weniger schwer und erdrückend. Während die Verdammten längst dem Fegefeuer übergeben waren, befand er sich unter den Gesegneten. Sein Herz war nicht beklemmt, nicht in diesem Augenblick, nicht, wenn er seinem Freund mit der Schreibfeder, den Kerzen und der Violine lauschte. Es war nicht zu Asche verbrannt, dieses Herz, es lebte, schlug kräftig und vital. Morgen konnte das anders sein, aber nicht heute. Heute lebte er und auch sein Freund lebte, würde morgen noch leben, weil er die Violine spielen konnte.

Erst, als sich der letzte Ton in der Luft aufgelöst hatte, öffnete er die Augen. Durch den winzigen Schlitz, den die Vorhänge nicht verdeckten, züngelten die rot-orangen Flammen der Morgenröte in die Kammer.

III. Sequentia

Es war noch kälter geworden.

Wenn er ausatmete, entstand eine Dunstwolke und seine Sicht war sonderbar verschwommen. Er blinzelte ein paar Mal, um wieder scharf sehen zu können. Weitere Kerzen waren heruntergebrannt. Von denen, deren Flammen noch lebten, lief das Wachs herunter und tropfte auf den Untergrund – wie Tränen.

Schaudernd zog Raphael den Mantel enger um seine Schultern und schlang die Arme um seinen Leib. Mittlerweile war es hier so frostig wie in dem Internat, in dem er seine Kindheit und Jugend zu verbringen gezwungen gewesen war. Dort war es nie warm gewesen. An das Heimweh, das er empfunden hatte, erinnerte er sich, als wäre es gestern gewesen. Es hatte ihn innerlich zermürbt und seine Schutzhülle zerrissen. Die Auswirkungen auf seinen Körper waren ähnlich fatal, als hätte man die Atmosphäre der Erde zerstört. Er sah die Männer vor sich, die ihn gegen seinen Willen aus den Armen seiner Eltern gerissen und in dieses Gefängnis gesteckt hatten. Dabei hatte man ihn jahrelang für geistig unterbelichtet gehalten, weil er das Lesen und das Schreiben nicht erlernt hatte. Deshalb hatte man ihn zuerst auf eine Hilfsschule geschickt, bis er durch seine Klarträume die Kontrolle über sein Gehirn erlangt und sich die Fähigkeiten praktisch über Nacht angeeignet hatte. Da war sein Potenzial erkannt worden. Manchmal fragte er sich, ob es nicht besser gewesen wäre, niemand hätte je erfahren, wie es in Wahrheit um seine Intelligenz stand. Als Kind hatte er nicht verstanden, warum er deswegen so gewaltsam seiner Familie entrissen worden war. Heute wusste er es. Menschen wie er wurden gebraucht, denn es gab nicht viele von seiner Sorte und deshalb mussten sie eine besondere Bildung und Erziehung erfahren, ob sie wollten oder nicht. Er hatte seinem Freund gesagt, dass das Schicksal vorherbestimmt sein mochte, dass man aber nicht gänzlich machtlos dagegen war. Als Kind war er es gewesen, aber innerhalb dieser Grenzen hatte er es als Erwachsener geschafft, immerhin seiner Leidenschaft, der Physik, nachzugehen.

Die Kälte hingegen war nie wieder verschwunden. Nur hier, bei seinem Freund, quälte sie ihn nicht – bis heute. Er warf einen Blick auf den Schlafenden. Sollte er ihn allmählich wecken? Er hauchte den Atem gegen seine Hände und rieb sie aneinander. Jetzt, da weniger Kerzen brannten, wirkte das Gesicht seines Freundes grau und fahl durch die Düsternis. Unheilvolle Schatten huschten hin und her, draußen heulte der Wind, pfiff durch den Kamin und wirbelte die Asche auf. Der Erinnerung an ihr letztes Treffen gewährte er keinen bewussten Eingang in sein Gedächtnis, im Gegenteil, er kämpfte gegen sie an und versuchte, sie wegzudrücken. Ohne Erfolg. Die Bilder überschwemmten ihn. Ohne etwas dagegen unternehmen zu können, zog ihn die Schwerkraft in einen Strudel und spulte die Zeit zurück.

Lacrimosa

Er fiel.

Eine bodenlose, schwarze Tiefe zog ihn an, umgeben von einem Feuerring, der ihn zu versengen drohte. Sie kam näher, unaufhaltsam und furchterregend und doch auf sonderbare Weise anziehend. Er wollte weg davon und gleichzeitig nichts sehnlicher, als in diesem Nichts zu verschwinden, in dieser unendlichen Dichte, die ihn zu einem winzigen Punkt komprimieren und sein Heimweh stillen würde. Eine unsichtbare Hand packte ihn an den Füßen und zerrte ihn gewaltsam näher. Nein, noch nicht, es war zu früh! Verzweifelt stemmte er sich dagegen und versuchte, sich mit den Händen irgendwo festzuhalten. Etwas bekam er zu fassen. Es fiel scheppernd um und zerschlug seine Vision. Sie zersprang in tausend Scherben und katapultierte ihn zurück in die Realität.

Schwer atmend blickte Raphael auf die zerstörte Blumenvase auf dem Boden. Die Trockenblumen, die sie beinhaltet hatte, waren zerbröselt und lagen zwischen den Trümmern: tote Pflanzen, zerstückelt und ihrer Würde beraubt. Genauso fühlte er sich: Wie ein ohnehin bereits Toter, dem man jetzt auch noch seinen letzten Lebenssinn geraubt hatte. Ein Jude ist ein Jude, Wissenschaftler oder nicht. Sein Blick wanderte zu dem Stück der Vase, das er noch in der Hand hielt. Er ließ es fallen, spürte seinen Herzschlag und seinen Atem und wusste, dass er sich wieder in der Realität befand. Das schwarze

Nichts war nur das Arbeitszimmer seines Freundes am Ende des Flures und der Feuerring die Kerzen, die sich vor seinem inneren Auge vermischt und eine neue Form gebildet hatten. Er war sich nicht sicher, ob er erfreut darüber war oder nicht. Kraftlos lehnte er den Kopf gegen die Wand, rieb sich über die schmerzende Stirn und wartete, bis die Schwäche in seinen Gliedern verschwand.

Dieses Mal war die Zugfahrt besonders schlimm gewesen. Den ganzen Tag strahlender Sonnenschein, zu viele Menschen auf dem Bahnsteig und die Mahlzeit, die er zu sich genommen hatte, hatte er beim nächsten Halt erbrochen.

Als er sich gesammelt hatte, zog er sich an der Wand hoch und torkelte in Richtung der Kammer. Die Welt fühlte sich unwirklich an, als befinde er sich in einem Traum. Der Flur wirkte unglaublich lang. Statt sich ihm zu nähern, schien er sich immer weiter von ihm zu entfernen. Die Wände, an denen er sich entlangtastete, waren nicht hart, sondern weich und die Streifen der Tapete begannen in Wellenlinien zu tanzen, als würden sie von den Gezeiten bewegt werden.

Er ging schneller, stolperte, stieß noch einmal etwas um, rappelte sich wieder auf. Seine Luftröhre brannte und in seinen Lungen stach es mörderisch. Er konnte kaum atmen. Keuchend hielt er inne, fasste sich an die Kehle und rang verzweifelt nach dem ätzenden Sauerstoff. Vision, Traum, Realität. Woher sollte er wissen, in welchem Zustand er sich gerade befand? Er hatte gedacht, in der Realität angelangt zu sein, aber wer versicherte ihm, dass er nicht im Traum erwacht war? Fühlte sich das nicht ebenfalls real an? Warum sollten die Streifen sonst tanzen? Probehalber hielt er sich die Nase zu und stellte fest, dass er keine Luft bekam. Die Erleichterung, die er verspürte, ließ ihn schwach werden. Keine Luft, kein Traum, keine Vision. In diesem Augenblick hörte die Tapete auf, Wellen zu schlagen, die Wände fühlten sich so hart an, wie sie sollten und der Flur war nicht mehr unendlich. Vielmehr hatte er dessen Ende längst erreicht.

Sein Freund saß nicht am Schreibtisch, sondern lag auf der Récamiere, die Augen zur Decke gerichtet. Hatte er nicht gehört, wie er hier randaliert hatte? Erneut musste Raphael sich sammeln. Sein Gehirn fühlte sich an, als wäre es zu Brei zerstampft worden. Er hatte halluziniert. Wunderbar, kam das nun auch noch hinzu? Als wäre er nicht schon geisteskrank genug …

„Guten Abend, mein Freund", begrüßte er ihn endlich mit dünner Stimme und trat über die Schwelle. Als er immer noch nicht reagierte, wurde Raphael stutzig. Wie mechanisch legte er Hut und Mantel ab und näherte sich ihm vorsichtig. Sein Freund bewegte sich nicht und auch sein Gesicht war wie gewohnt bewegungslos, aber in seinen Augen konnte er die Angst lesen, die ihn gerade vollkommen eingenommen zu haben schien. Wie ein schwarzer Nebel schwebte sie über ihm, der in jede Pore kroch und Raphael vor Kälte erschaudern ließ. Sie löste das altbekannte Kribbeln in ihm aus.

„Was haben Sie?", wisperte er, hob die Hand und legte sie seinem Freund unbeholfen auf die

Schulter. Er war warm, aber nicht so warm wie sonst.

„Es ..." Seine Stimme war so leise, dass sie kaum zu hören war. „Es wird immer schlimmer. Von Mal zu Mal dauert es länger, bis ich meine Glieder wieder bewegen kann."

„Dann warten wir eben so lange, wie es dauert."

Er drückte seine Schulter fester und tatsächlich verschwand ein Hauch der Angst, die seine Seele, die er in dieser einsamen Kammer so sorgsam zu verbergen suchte, nach außen scheinen ließ.

„Ich dachte ..." Seine Stimme brach. „Ich dachte wirklich, ich wäre gern einsam."

„Sie sind vielleicht gern allein, aber niemand ist gern einsam. Das ist ein Unterschied."

„Das habe ich wohl leider zu spät erkannt."

„Es ist nie zu spät."

Seine Augen flackerten, seine Lippen bebten. „Sie wissen so viel über das Leben. Manchmal wünschte ich, ich könnte sein wie Sie."

Da musste Raphael lachen. „Das ist nicht Ihr Ernst. Ich und viel über das Leben wissen? Was glauben Sie, warum ich stets mit dem Zug zu Ihnen fahre?"

„Vielleicht, weil Sie kein Auto besitzen?"

„Oh doch. Ich kann es nur nicht fahren. Ich habe versucht, es zu lernen, aber mein Gehirn entscheidet selbst, was es können will und was nicht, darauf habe ich wenig Einfluss. Ich kann nicht Autofahren. Ich werde bis an mein Lebensende auf den Zug angewiesen sein."

Täuschte er sich oder versuchte sich sein Freund an einem Grinsen?

„Zugegeben, das ist in der Tat ein wenig erbärmlich."

Nun war er sich sicher, dass er grinste. Raphael tat es ihm gleich, nahm die Hand von seiner Schulter und hielt sie ihm entgegen. „Kommen Sie."

Schwerfällig hob sein Freund die Linke, ließ sie aber sogleich mit einem frustrierten Schnauben sinken.

„Ich sage doch, es geht nicht."

„Doch, das wird es. Versuchen Sie es noch einmal."

Tatsächlich ließ er sich überreden und bemühte sich erneut, seinen Arm zu heben. Es ging nur langsam, aber schließlich packte er Raphaels Hand mit einem triumphierenden Ausdruck in den Augen. Er zog an und half seinem Freund somit in eine sitzende Position. Seufzend strich er sich das Haar zurecht, das ausnahmsweise einmal nicht perfekt saß und musterte Raphael eingehend.

„Sie sehen auch nicht gerade aus wie das blühende Leben. Vermutlich sagt man das nicht, nicht wahr? Es ist aber die Wahrheit."

Raphael erhob sich, setzte sich in den Ohrensessel, spürte das glatte und so vertraute Leder unter seinen Händen und nahm die Brille ab, um seine Augen zu reiben. Als er sie wieder aufsetzte, bemerkte er den besorgten Blick seines Freundes.

„Ich bin arbeitslos." Die Worte fühlten sich seltsam in seinem Mund an, als hätte er verdorbenes Essen zu sich genommen. Arbeitslos. Er drehte und wendete das Wort, doch egal, aus welcher Perspektive er es betrachtete, es verlor seinen Schrecken nicht.

„Arbeitslos?", wiederholte sein Freund fassungslos. „Wie kann das sein?"

„Lesen Sie die Zeitung nicht?"

„Nein."

„Gut so, sie ist ohnehin voller Propaganda. Wie dem auch sei: Der Diktator will keine Juden in der Wissenschaft, im Grunde will er überhaupt keine Wissenschaft, denn wir Juden, wir sind die Wissenschaft. Für ihn gibt es keine nützlichen Juden, ein Jude ist ein Jude."

In einer hilflosen Geste breitete er die Arme aus und dieses Mal fegte er das Glas wirklich vom Beistelltisch. Klirrend zersprang es auf dem Boden. Sein Inhalt spritzte auf und sprühte Wassertropfen auf seine Schuhe. Er kümmerte sich nicht darum. Was sollte ihn ein kaputter Gegenstand stören? Er hatte keine Gefühle, ganz im Gegensatz zu all den Gelehrten, die auf Geheiß dieses Mannes ebenso zu Scherben zerschlagen worden waren.

„Hunderte Physiker sind von heute auf morgen arbeitslos geworden, das ist ein Viertel aller Physiker, die das intellektuelle Zentrum Europas gebildet haben, über ein Jahrhundert lang. Dieser Mann zerschlägt alles, was schön und heilig und gut ist!"

Er atmete tief durch, versuchte, sich zu mäßigen und schämte sich ob seines Gefühlsausbruches. „Verzeihen Sie, ich hatte mich nicht unter Kontrolle."

Zitternd krallte er die Nägel in das Leder, warf einen flüchtigen Blick aus dem Fenster, sah wieder zu seinem Freund und sprach weiter. „Außerdem habe ich ein Stellenangebot an Bohrs Institut für theoretische Physik in Kopenhagen erhalten."

Dieses Mal schien er seinen Freund endgültig sprachlos gemacht zu haben. Er starrte ihn an, blinzelte, öffnete den Mund, um etwas zu sagen und schloss ihn unverrichteter Dinge.

„Sie ..." Ungläubig schüttelte er den Kopf. „Sie haben ein Stellenangebot in Kopenhagen erhalten? Bei Niels Bohr? Meine Güte, warum sind Sie denn dann so wütend darüber, dass Sie hier entlassen wurden? Ist das nicht das Höchste, was ein Physiker erreichen kann? Sogar ich habe von diesem Institut gehört."

Er wusste selbst, wie lächerlich das klingen musste. Es war nicht so, dass er sich von diesem Angebot nicht geehrt fühlte. Das Problem war anderer Natur.

„Mein Freund", setzte sein Gegenüber noch einmal an und lehnte sich vor. „Sie müssen dieses Angebot annehmen. Heute vertreiben sie uns aus den Universitäten, morgen zerstören sie unser Heim und übermorgen töten sie uns, glauben Sie mir."

„Ich glaube Ihnen."

„Gut, dann nehmen Sie Ihre Familie und verschwinden Sie von hier. Leichter wird man es Ihnen nie wieder machen."

Als ihm auffiel, dass er das Leder zerkratzte, entspannte er seine Hände. Sein Inneres jedoch war weiterhin in Aufruhr. Er wusste, dass dies das

Klügste wäre. Eine derartige Gelegenheit würde sich ihm nie wieder bieten. Aber es gab ein Problem: Er hatte einen Freund mit einer Schreibfeder, unzähligen Kerzen und einer Violine. Er sah ihm in die Augen, die nicht mehr so laut um Hilfe schrien wie bei ihrem ersten Treffen und doch von einem merkwürdigen Ausdruck erfüllt waren, den er nicht deuten konnte.

„Ich will nicht, dass Sie gehen", fügte sein Freund hinzu, als eine Reaktion seinerseits ausblieb. „Ich will, dass Sie in Sicherheit sind, weil Sie mein Freund sind."

„Und was werden Sie tun? Wie bringen Sie sich in Sicherheit?"

Sein Freund lächelte. „Ich habe einen Plan, keine Sorge."

„Sieht Ihr Plan vor, dass wir einander eines Tages wiedersehen?"

Seine Augen schimmerten seltsam. „Oh ja."

Sein Freund wandte den Blick ab, zupfte einen Fussel von seiner Hose und sah aus dem Fenster. Was meinte er damit? Die Frage plagte seinen Geist, dabei kannte er die Antwort längst. Das Kribbeln ergriff wieder von ihm Besitz, eine schwache Reflexion des Leides, das sein Freund empfand. Wie sehr wünschte er, er könnte ihm helfen. Raphael blinzelte, um seine Augen offenzuhalten. Seine Lider fühlten sich schwer an, sein Kopf schmerzte mehr als sonst und er fühlte eine Schwäche in sich aufsteigen, die ihn daran zweifeln ließ, dass er je wieder in der Lage sein würde, sich aus diesem Sessel zu erheben. Wie so oft schien sein Freund zu merken, was in ihm vorging.

„Wann haben Sie zuletzt geschlafen?"

Raphael stieß einen bitteren Laut aus. „Das ist eine gute Frage. Ich kann mich nicht einmal mehr daran erinnern."

„Werden Sie immer noch von Ihrer Intelligenz gequält?"

Wie sich das anhörte. Es klang wie ein wahres Luxusproblem. Die meisten Menschen konnten das nicht nachvollziehen und lachten ihn aus, wann immer er diese Tatsache zugab. Sein Freund war anders.

„Mich plagen Visionen. Von …" Dieses Mal war er derjenige, der mitten im Satz abbrach. „… unbekannten Universen, fernen Welten und anderen Dimensionen, von sterbenden Sternen und Schwarzen Löchern."

Er fuhr sich über die Stirn, gestattete sich für einen Moment, die Augen zu schließen und schüttelte den Kopf. „Ich glaube allmählich, ich verliere wahrhaftig den Verstand."

Als in der Schwärze hinter seinen geschlossenen Lidern rote, pulsierende Punkte und rotierende Feuerringe aufblitzten, riss er die Augen auf. Die Schwere auf seinen Schultern wurde so unerträglich, dass er fürchtete, er würde unter ihrer Last jeden Moment zusammensacken. Zittrig atmete er ein und aus, klammerte sich an den Armlehnen fest und lehnte den Kopf an.

„Geht es Ihnen nicht gut?"

Er spürte den verunsicherten Blick seines Freundes und winkte ab. „Bitte, spielen Sie für mich."

„Liebend gern. Dafür müssten Sie mir meine Violine reichen, ich kann nicht …"

Er konnte nicht? Ging es ihm so viel schlechter? Die Schwere schien ihn so tief in den Sessel zu pressen, dass er glaubte, er müsse unter ihm zusammenbrechen. Dabei war er so mager geworden, dass er kaum mehr als eine Feder wog. Er betrachtete seine Hände, an denen die Adern hervorstachen wie Wurzeln unter einer dünnen Schneeschicht. Die Golduhr seines Vaters schlabberte um sein Handgelenk. Er hätte sie ablegen müssen, damit er sie nicht verlor. Er sah ohnehin kaum je auf das Ziffernblatt, aber sein Vater hatte sie ihm nun einmal vermacht und er würde sie in Ehren halten. Mühsam stemmte er sich hoch, ging zum Schreibtisch, nahm Violine und Bogen und reichte beides seinem Freund. Als er danach greifen wollte, umschloss Raphael vorsichtig sein Handgelenk. Verwundert sah sein Gegenüber zu ihm auf. „Denken Sie an Ihre Kindheit", forderte er seinen Freund mit gesenkter Stimme auf.

„Bitte?"

„Tun Sie es einfach. Denken Sie an den frühesten Moment, an den Sie sich erinnern können. Denken Sie anschließend noch weiter zurück, an die Zeit, in der Sie ein Säugling waren, auch wenn Sie sich daran nicht erinnern können und noch weiter, als Sie nicht mehr als eine befruchtete Eizelle im Mutterleib waren. Denken Sie an Ihre Eltern, Ihre Großeltern, Ihre Urgroßeltern, an Ihre Vorfahren bis zurück ins Mittelalter, in die Antike, in die graue

Vorzeit, an die ersten Menschen, an die Wesen, die davor existierten, bis zurück zu den ersten Einzellern in den Urmeeren. Ist Ihnen klar, dass das Erbe der Evolution durch Ihre Adern fließt? Die Geschichte der Erde ist Ihren Zellen, Ihren Genen gespeichert, weil Sie ein Teil des Kosmos sind, so wie jeder von uns."

Er pausierte und drückte das Handgelenk seines Freundes eine Spur fester. „Sie sollten etwas derart Gewaltigem und Faszinierendem nicht so feindlich gesinnt sein."

Lange sahen sie einander an. In den Augen seines Freundes spiegelte sich eine Vielzahl an Emotionen, als wollten sie seine Worte reflektieren. Raphael ließ sich seine Rede ebenfalls durch den Kopf gehen. War das der Grund, warum er das Leben trotz allem, das ihn plagte, ertrug? Weil er das, was er gesagt hatte, tief in seinem Inneren tatsächlich fühlen konnte? Oder war es noch mehr, konnte er sogar weiter zurückspüren, bis zu dem Zeitpunkt, als es nichts gegeben hatte außer Raum und Zeit und die ersten Atome?

Sein Freund räusperte sich, nahm in einer unsicheren Geste Violine und Bogen entgegen, rutschte an den Rand der Récamiere und setzte sich aufrechter hin.

„Ich nehme an, ich soll *Confutatis* spielen?", wechselte er das Thema. Seine Stimme klang dünn.

Unschlüssig stand Raphael vor ihm. Schließlich nickte er und setzte sich aufgewühlt zurück in den Sessel.

„Lassen Sie uns dieses eine Mal etwas anderes versuchen, ja? *Lacrimosa* ist auf der Violine viel schöner als *Confutatis*."

„Also schön. *Lacrimosa*. Wie übersetzen Sie das, bevor ich wieder etwas Falsches sage?"

Er zwinkerte ihm zu, aber dieses Mal schien sein Freund nicht in der Stimmung für Scherze zu sein. Er warf einen Blick aus dem Fenster, an dem Regentropfen entlangliefen, die im Licht der Straßenlaternen golden glitzerten. Die Augen seines Freundes glänzten feucht.

„Tränenvoll", antwortete er nach einer ganzen Weile. Seine Stimme klang erstickt und er schluckte sichtbar, wobei er einen sehnsüchtigen Blick auf seine Violine warf.

„Das, was Sie gerade gesagt haben … war wunderschön. Ich kann zwar das Erbe der Evolution nicht in mir fühlen, aber wissen Sie, warum ich es außerdem liebe, Musiker zu sein? Während ich spiele, kann ich die Schwerkraft spüren, die mich in den Boden zieht. Ich fühle mich geerdet und dennoch leicht. Ist es nicht faszinierend, wie sehr wir von diesem Planeten angezogen werden, obwohl wir uns hier so fremd fühlen?"

Ja, das war es in der Tat. Warum war ihm das noch nicht in den Sinn gekommen, ausgerechnet ihm, der sich tagtäglich den Kopf über solche Dinge zerbrach? War er bereits so verblendet von dem Gedanken, dass ihn die Erde nicht als ihren Teil akzeptierte? Aber warum stieß ihn diese Welt dann so sehr ab, wenn sie ihn gleichzeitig derart verzweifelt an sich zog?

„Die Art und Weise, wie man spielt, ist ein Spiegel der Seele", fuhr sein Freund fort. „Ein genauer Beobachter wird nur anhand eines Spiels erkennen können, was für ein Mensch der Musiker ist."

„Sie haben recht", stimmte Raphael zu. „Ich weiß, wer Sie sind, ich wusste es, nachdem Sie der Violine in meiner Gegenwart den ersten Ton entlockt haben."

Abermals schluckte sein Freund, blinzelte heftig und richtete seine Aufmerksamkeit wieder auf das Instrument, das er bereits angelegt hatte.

„Ich weiß, dass Sie nicht starr, distanziert und kalt sind, obwohl Sie so wirken. Sie sind ein Stern in seiner letzten Lebensphase. In dieser Phase strahlen sie heller als je zuvor."

Sie wissen, dass sie sterben, aber sie beschleunigen diesen Prozess nicht von selbst. Raphael sprach den Gedanken nicht aus.

„Und …", setzte sein Freund an. „Und was geschieht, wenn Sterne sterben?"

„Sie zerstören ganze Sonnensysteme und löschen alles Leben aus, das dort vorherrscht, gleichzeitig aber lassen sie neues Leben entstehen."

„Also sterben sie gar nicht wirklich? Wenn neues Leben aus ihnen entsteht, existieren sie lediglich in einer anderen Form?"

„Davon bin ich überzeugt. Aus manchen von ihnen bilden sich Schwarze Löcher oder Neutronensterne. Das Universum vergisst nichts."

Sein Freund drehte den Kopf von ihm weg und es dauerte ein paar Atemzüge, bevor er sich ihm wieder zuwandte. „Gut, *Lacrimosa*", sagte er eine

Spur zu unbeschwert, um glaubwürdig zu sein und begann zu spielen. Raphael heftete seinen Blick auf die Regentropfen und beobachtete, wie sie an der Scheibe entlangliefen, während *Lacrimosa* die Kammer mit seinen tränenvollen Tönen erfüllte.

Als er die Aufmerksamkeit auf seinen Freund richtete, erinnerte er sich daran, was er bei ihrem ersten Treffen über Mozart gedacht hatte: Dass sein Requiem nur so himmlisch hatte werden können, weil er bereits die Stimmen der Engel gehört hatte. Auch sein Freund schien ihren Gesang heute zu vernehmen, denn die Art und Weise, wie er dieses Stück spielte, war schöner als alles, was Raphael vorher gehört hatte. Es war, als öffnete die ruhige, schwere Melodie ein Portal in eine übersinnliche Welt. Hätte er es nicht besser gewusst, hätte er geglaubt, er befinde sich in einer Kathedrale, in der die Musik von den Wänden hallte, als wäre sie das Echo himmlischer Wesen.

Er schloss die Augen und hatte das Gefühl, als würde sich seine Körperhülle auflösen und wie feiner Staub vom Wind davongetragen werden. Jeder einzelne Ton kam und verging, so wie jedes Gefühl, jeder Gedanke, jeder Atemzug, Ebbe und Flut. Das Leben war ein einziges Kommen und Gehen. *Omnia est vanitas.* Alles ist vergänglich. Sein Freund spielte die Violine, also lebte er. Lange würde er dazu nicht mehr fähig sein, doch heute war nicht dieser Tag.

IV. Requiem aeternam

Etwas Warmes lief über seine Wangen, zog glühende Spuren auf eisiger Haut, wie ein Lavafluss, der sich durch eine Winterlandschaft schlängelte. Langsam schlug er die Augen auf, strich sich irritiert über das Gesicht und stellte fest, dass die warmen Rinnsale Tränen waren. Er senkte den Kopf und beobachtete, wie sie auf den feinen Wollstoff seiner Hose tropften. Sie lösten etwas in ihm auf, so wie der Lavafluss das Eis um sich herum zum Schmelzen brachte. Er spürte etwas in sich aufbrechen, als hätte er die Welt durch einen Filter betrachtet, der nun durch die Tränen hinfort gespült wurde. Er hatte ihn Dinge sehen lassen, die nicht existierten, er hatte ihre Form und Bedeutung verändert. Er wusste das, hatte es schon gewusst, bevor er diesen Raum betreten hatte, bevor er überhaupt in den Zug gestiegen war, aber er hatte gesehen, was er sehen wollte, nicht das, was real war.

Langsam hob er den Kopf. Dunkel zeichnete sich der Schreibtisch in dem dämmrigen Licht ab, zog ihn an und stieß ihn gleichzeitig ab.

Eine Weile rang Raphael mit sich, bevor er sich dem Möbelstück näherte. Die Violine sah anders aus als sonst. Eine Saite war gerissen. Der Anblick löste ein schmerzhaftes Ziehen in seiner Brust aus, als wäre auch in ihm etwas unwiederbringlich zerrissen. Er betrachtete den Traubenzucker und das Notenblatt, die ohne den Filter vor seinen Augen ihre wahre Gestalt offenbarten: Der Traubenzucker war kein Traubenzucker, sondern ein Schmerzmittel. Das Notenblatt war auch kein Notenblatt, sondern ein Brief. Tastend streckte er seine Finger danach aus, seine Nägel kratzten über das Papier, bekamen es nicht zu fassen. Erst nach mehreren Anläufen gelang es ihm. Er sah sich außerstande, die Zeilen zu lesen, die dort geschrieben standen, also faltete er das Blatt zusammen und steckte es in seine Manteltasche.

Sein Blick wanderte weiter durch den Raum, bis er an dem silbernen Schmuckstück hängenblieb, das neben der Récamiere lag. Es war kein Schmuckstück, sondern ein Rasiermesser. Wie von selbst krallten sich seine Hände in den Stoff seines Mantels und für einige Augenblicke konnte er sich nicht bewegen. Er kam ihm vor, als hätte jemand die Zeit angehalten, während sich der Raum um ihn drehte. Die Konturen und Farben verschwammen, wirbelten immer schneller um ihn, bis er taumelte und sich an der Wand abstützen musste. Er kniff die Augen zusammen und wartete einige Atemzüge. In seinen Ohren pfiff es unangenehm. Erst, als der Schwindel nachließ, griff er in seine Manteltasche und zog den Brief hervor. Mit heftig pochendem Herzen entfaltete er ihn und starrte auf die krakelig geschriebenen Zeilen.

Mein Freund,

wie Sie wissen, war ich mir stets unsicher in Bezug auf soziale und gesellschaftliche Gepflogenheiten. Deshalb weiß ich nicht, wie man einen solchen Brief verfasst und handhabe es auf meine Weise.

Erinnern Sie sich an unser erstes Gespräch, als wir darüber sprachen, dass auf Quantenebene nichts stirbt, weil die Informationen dort erhalten bleiben und irgendwo neues Leben bilden können? Diese Konversation ist mir nie wieder aus dem Kopf gegangen. Ich weiß nicht, ob Sie recht haben. Sie sagen schließlich, dass Sie selbst von Ihresgleichen als merkwürdig empfunden werden. Ich weiß es nicht, aber ich glaube es. Je mehr Gedanken ich mir darüber gemacht habe, desto mehr verstehe ich, warum Sie es nicht begrüßt hätten, hätten wir uns unsere Namen genannt. Was ist ein Name schon? Eine fiktive Aneinanderreihung von fiktiven Zeichen, die wir Buchstaben nennen. Ein Name fesselt an die irdische Existenz. Dabei fühlen wir uns hier beide nicht zuhause, nicht wahr? Diese Welt mit ihren Diktatoren und ihren Krankheiten ängstigt mich zutiefst. Nur in jenen Nächten, in denen Sie mich besuchten und meinem Violinenspiel lauschten, verspürte ich keine Furcht.

Es ist nur so: ich werde die Violine nie wieder spielen können. Der Tag ist gekommen. Ich kann meiner Berufung nicht mehr nachgehen. Das Orchester musste ich bereits vor Wochen verlassen. Heute konnte ich mein Instrument kaum noch halten, von spielen ganz zu schweigen. Selbst diese Zeilen zu schreiben ist die reinste Tortur. Ich dachte, dieser Tag würde sich befreiend anfühlen, immerhin ist es meine eigene Entscheidung, aber die Wahrheit ist: Ich habe wieder einmal Angst.

Ich hoffe, Sie können mir verzeihen, dass ausgerechnet dies der Plan ist, von dem ich kürzlich sprach. Vermutlich haben Sie es ohnehin geahnt. Deshalb haben Sie mir von der Evolution und von sterbenden Sternen erzählt. Es tut mir leid, dass ich Sie derart enttäusche. Ich weiß, dass auch Sie mit dem Leben hadern, aber beherzigen wenigstens Sie Ihre Ratschläge. Machen Sie es besser als ich.

Haben Sie Dank für Ihre Besuche, Ihre Intelligenz und Ihre Freundschaft. Ohne Sie wäre der Rest meines Lebens unglücklich und einsam geblieben. Selten hatte ich jemanden so gern wie Sie.

Ihr Freund mit der Violine

Er starrte so lange auf die Zeilen, bis alle Kerzen, abgesehen von einer einzigen, heruntergebrannt waren. Sein Kopf und seine Gedanken waren leer, der Schmerz, der in ihm pulsierte, kalt und taub. Er fühlte sich sonderbar abgetrennt von der Welt, mehr als je zuvor, als wäre er nicht richtig lebendig. Mit schleppenden Bewegungen steckte er den Brief zurück in die Manteltasche und wagte es endlich, in Richtung des Schlafenden zu blicken. Seine Augen wanderten weiter über seine Brust, seinen Arm und seine Hand, hinunter zu der Pfütze auf dem Boden. Da sah er, was er die ganze Zeit gesehen, aber nicht in sein Bewusstsein hatte vordringen lassen. Die schwarzen Rinnsale am Unterarm seines Freundes waren nicht schwarz, sondern rot.

Die schwarzen Rinnsale waren keine Tinte.

Die Tinte war Blut.

Er zwang seine Beine, sich zu bewegen, doch sie knickten ein, als er seinen Freund erreichte. Raphael versuchte gar nicht erst, sich zu fangen, sondern ließ sich bereitwillig zu Boden sinken. Dumpf schlugen seine Knie auf, aber den Schmerz nahm er kaum wahr. Er kauerte dort und starrte auf die filigrane Hand. Das Blut tropfte schon lange nicht mehr. Es war geronnen und verklebte die Haut. Eigentlich war es sehr wohl schwarz. Schwarz wie Tinte.

Es konnte nicht mehr fließen, denn es war totes Blut. Dafür tropfte das Wachs der letzten verbliebenen Kerze, der Regen an der Fensterscheibe und die Tränen, die ihm still über das Gesicht liefen. Die Welt war tränenvoll.

Er streckte die Hand aus und berührte vorsichtig die tiefe, längs verlaufende Schnittwunde am Unterarm seines Freundes. Zögerlich fuhr er an ihr entlang, über das Handgelenk und die Handfläche, bis er die Fingerspitzen erreichte. Raphael umschloss sie, zuerst behutsam, dann immer fester, spürte ihre Kälte und die spitz hervorstechenden Knochen. Schließlich packte er sie auch mit seiner anderen Hand und bettete die Stirn auf das Händeknäul. Mit dem Erlöschen der letzten Kerze wurde es vollkommen dunkel um ihn herum. Er schloss die Lider und ließ seinen Tränen freien Lauf.

Vor seinem inneren Auge sah er, wie er sich aus der Vogelperspektive selbst betrachtete. Dort kauerte ein spindeldürrer Mann in einem viel zu großen Mantel neben seinem toten Freund, dessen Gesicht in ewiger Ruhe erfroren war. Die Entfernung zu den beiden Männern wurde größer, als betrachte er sie von der Spitze eines Berges. Bald sah er das Dach des Mietshauses winzig klein in dem Geflecht aus Straßen und Gebäuden. Er entfernte sich weiter, bis auch die Stadt nur noch ein kleiner Fleck in einem großen Land war. Das Land selbst war nur ein Sandkorn auf der Erde, die er nun vom Weltraum aus betrachtete. Sie wurde kleiner und kleiner, verschwand in den Weiten des Sonnensystems. Er verließ die Galaxie, bis die Sonne nur noch ein winziger Stern in den Weiten des Universums war, unter Abermillionen anderen. Vielleicht war er kein Teil der Erde, aber er war ein Teil des Kosmos und die Erde war es ebenfalls. Also gehörte er doch irgendwie zu ihr.

Er ließ die Augen geschlossen. Sein Körper fühlte sich sonderbar leicht an, als würde ihn die Schwerkraft nicht länger anziehen. Ein Gefühl tiefer Erfüllung gesellte sich zu seiner Trauer, als hätte er eine wichtige Aufgabe erfüllt oder – einen Sinn gefunden.

Da suchte ihn seine altbekannte Vision von dem sterbenden Stern und dem Nebel heim. Wie immer formte sich daraus eine Person, die er nur von hinten sah und sich langsam zu ihm umdrehte. Normalerweise erwachte er an dieser Stelle, weil Kälte und Angst das Bild zerschnitten. Heute war es anders. Wovor sollte er sich fürchten? Vor der Wahrheit, nach der er die ganze Zeit gesucht hatte? Insgeheim spürte er, dass er sie längst erkannt hatte, so wie er gewusst hatte, dass sein Freund tot war, bevor er nach Heidelberg gereist war. Er hatte es nicht gesehen, weil er blind gewesen war. Das wollte er nie wieder sein. Am Rande bekam er mit, wie ihm die Brille herunterrutschte und das Glas auf dem Boden zersprang. Nein, heute würde er das Szenario weiter betrachten. Er ließ alles los, was ihn hier hielt und erlaubte der Person, sich von vorne zu zeigen. Sie bewegte sich aufrecht und mit lose flatterndem Hemd, ohne Scheu, sein gesamtes Sichtfeld einzunehmen. Als sie den Kopf drehte, starrte er ihr geradewegs in die Augen. Es war nicht das Antlitz eines Fremden, auch nicht das eines Bekannten oder eines Freundes.

Es war sein eigenes.

Und er war nicht überrascht.

Ohne Sie wäre der Rest meines Lebens unglücklich und einsam geblieben. Er glaubte, die geschriebenen Worte als Stimme in seinem Kopf zu vernehmen. Es war ihm nicht gelungen, den Tod seines Freundes zu verhindern, aber vielleicht sollte er das nie. Das Universum hatte seine eigenen Pläne gehabt und innerhalb dieser hatte er seinen Zweck erfüllt. Das, was hier auf der Récamiere lag, war nur ein Körper. Die Seele hatte ihn längst verlassen und schwebte als Nebel in den Weiten des Kosmos, um in neuer Form zu existieren. Er würde ihn nicht vergessen und auch das Universum würde das nicht tun, denn es war alles eins.

Er schmiegte die Wange an die Hand seines Freundes, spürte die trocknenden Tränen auf seinen Wangen und fühlte sich erlöst.

Nachwort & Danksagung

Ein Buch zu beenden, ist immer ein besonderes Gefühl, ganz egal, ob es ein dicker Wälzer oder eine kurze, prägnante Novelle wie diese hier ist, denn in jedem meiner Werke steckt ein Teil meiner Seele. Doch dass diese Novelle so geworden ist, wie ich es mir vorgestellt habe, ist nicht mein alleiniger Verdienst. Ich wurde von einer Reihe wunderbarer Menschen dabei unterstützt.

Mein besonderer Dank gilt meinen Testlesern Sarah, Ria, Rebecca, Jannis und Justus. Dank eurem Feedback konnte ich diese Novelle verfeinern und das Bestmögliche aus ihr herausholen. Außerdem möchte ich meiner Familie danken und ganz besonders meiner Schwester Jasmin, mit der ich mich wie immer über meine Ideen austauschen und beraten konnte.

Nina Nemesia, Jahrgang 2000, lebt in einem kleinen Dorf in Bayern. Aufgrund ihres Interesses an Psychologie sind menschliche Abgründe und zwischenmenschliche Probleme oft wesentlicher Bestandteil ihrer Werke. Auch ihre Begeisterung für Geschichte und historische Settings fließt in ihre Bücher ein. Neben dem Schreiben fotografiert sie leidenschaftlich gerne und sammelt antike Kleidungsstücke.

FSC
www.fsc.org

MIX

Papier | Fördert
gute Waldnutzung

FSC® C083411

Zeitfracht Medien GmbH
Ferdinand-Jühlke-Straße 7
99095 Erfurt, Deutschland
produktsicherheit@kolibri360.de